L'ENFANT DES MARGES

Franck Pavloff, né en 1940, vit entre Gap et Grenoble. Auteur de *Matin brun*, best-seller traduit dans le monde entier, il se définit comme un «écrivain de l'ailleurs», qui rend compte des exils intérieurs ou géographiques que les guerres, les drames, la corruption, le cynisme et l'intolérance ont engendrés. Parmi ses ouvrages: *Le Pont de Ran-Mositar* (prix France Télévisions en 2005), *Le Grand Exil* (prix des Grands Espaces en 2010), *L'Homme à la carrure d'ours* (Albin Michel, 2012) et *L'Enfant des marges* (2014).

FRANCK PAVLOFF

L'Enfant des marges

ROMAN

ALBIN MICHEL

© Éditions Albin Michel, 2014.
ISBN : 978-2-253-07114-3 – 1re publication LGF

« Vigila el mar, vigila les muntanyes.
Pensa en el fill que duus a les entranyes. »

« Surveille la mer, surveille les montagnes. Pense au fils que tu portes dans tes entrailles. »

Pere Quart (poète catalan)

Sur la place du bourg la fête bat son plein. Sono en délire, jeunes en transe, gamins qui pêchent des poissons en plastique rouge dans une bassine, vieux tassés sur les bancs.

À la buvette du bal, l'homme au regard sombre lève son verre aux étoiles, s'arrache aux tréteaux du bar, va s'adosser à un platane, allume une cigarette. Il ne fait pas attention à la femme qui le suit des yeux, assise dans l'herbe au pied de l'arbre. Il soliloque dans sa bulle.

Elle se lève doucement, l'interpelle par deux fois : « Ioan ! Ioan ! »

Il la dévisage comme s'il la devinait à travers un brouillard, yeux plissés, répète par deux fois « Quel étrange hasard ! »

Après tant d'années de silence c'est tout ce qu'il trouve à dire à la femme. Enfin il lâche « Heureux de te revoir Gina » et se lance dans une histoire sans importance. Des mots barrage pour casser toute complicité jusqu'à ce qu'il la prenne par la main, presque brutalement, et l'entraîne sur le parquet au milieu des danseurs.

Et l'autre hasard, bien réel celui-là, « Mon amant de

Saint-Jean », l'air qu'ils valsaient autrefois sur la terrasse de leur maison du bord de Loire. Il la serre à l'étouffer, prend toute la place. Elle se tait, se laisse aller.

Avant de quitter la chambre où ils ont fait l'amour elle s'attarde sur la longue silhouette de l'homme. Dans la pénombre filtrée par le rideau il dort, traits tendus. De s'être retiré dans ce mas battu par un océan de pierres avec la volonté de se mettre à l'écart du monde ne semble pas avoir été le meilleur remède pour apaiser son âme. Il est en constante tension, définitivement absent. Il n'y a place pour personne à ses côtés, comme il y a dix ans quand il a brutalement mis fin à leur relation. Pour cacher sa douleur disait-il, pour l'entretenir pensait-elle.

Elle se gare au plus près du talus, coupe le moteur.

De part et d'autre de la route les feuilles de châtaigniers vibrent, myriades de claquettes de tôle. Deux grillons se répondent. Dans la pente, le glissement d'un lézard ou d'une couleuvre. Et puis des vibrations qui partent elle ne sait d'où, respiration de la montagne, ajustement des roches surchauffées. L'horizon commence à blanchir. Vers midi la brume de chaleur gommera les collines et les Cévennes redeviendront ce haut pays austère refermé sur lui-même où Ioan s'est réfugié.

Les amours perdues ne se renouent pas sur le parquet d'une piste de danse et les dernières heures passées au creux d'un même lit ne changent pas la donne. L'homme qu'elle a tant aimé n'est plus.

Elle reprend le volant. Les virages s'enchaînent sur la route mal goudronnée. D'un côté les terrasses en faïsses qui sculptent le flanc des montagnes, de l'autre l'à-pic de la vallée.

Dans le miroir du pare-soleil son visage est à peine marqué. Ses yeux verts et le foulard bleu noué en turban lui donnent un air d'été. La cinquantaine lui va bien, elle ne laissera pas Ioan l'entraîner à nouveau dans sa dérive. Elle chantonne la valse des amants : « beau parleur chaque fois qu'il mentait ». Ses doigts rythment les trois temps, son attention se relâche.

Au carrefour des Sources, un sanglier tête baissée déboule sur sa gauche. Coup de volant, le parapet défile, arrache l'aile arrière, la voiture zigzague, s'arrête enfin. En contrebas, dans les profondeurs du précipice, le torrent gronde.

La frayeur passée, Gina fait quelques pas sur la route. Elle ne parlera pas de cet incident. Elle était montée à la fête du bourg pour tenter de tirer Ioan de son enfermement mais rien ne peut plus fissurer la carapace de l'homme de pierre.

Ioan s'éveille. Les draps sont défaits, il est seul.

Il prépare un café face à la fenêtre grande ouverte, yeux dans le vague.

Étrange fête, étrange nuit.

Quand il a reconnu Gina au bal, trop tard pour s'éclipser, il a enclenché une série de sas pour la tenir à distance. La femme d'avant n'empiéterait pas sur le territoire qu'il avait mis tant d'années à baliser. Et lorsque plus tard leurs corps se sont trouvés il a su imposer le silence, leurs mots sont restés figés au bord des lèvres.

Il s'installe sur le rebord de la terrasse qui prolonge la cuisine voûtée. La crête des collines déchire la brume de chaleur, rideau de tulle sur le gigantesque décor sec dont il connaît chaque plan. Très loin vers l'ouest se devinent la plaine et le littoral où il ne descend jamais.

Elle n'a pas laissé de message. Fin de partie. Est-ce le hasard qui les a réunis à nouveau, avait-elle la nostalgie du bord de Loire, voulait-elle l'aider? Il a enfoui une fois pour toutes ce genre de questions dans le soubassement des murets qu'il a entrepris de restaurer pour redresser les faïsses autour du mas. Un travail physique, dur, jamais fini, sans cesse à reprendre, qui mobilise son énergie et bloque ses pensées.

Au sifflet de la bouilloire il saute au sol. Sur le plateau de tôle jaune, rien que du palpable : une cafetière en inox, un bol à damier bleu, un pot de miel doré, du pain à la farine brune.

Depuis qu'il a posé son sac de voyage au cœur des Cévennes, laissant derrière lui les villes en ruine, le fracas des guerres et son âme meurtrie, ses matins débutent par le rituel calme du petit déjeuner. Le pain noir trempé dans le café a un goût « sans pareil », dit Justin des Gordes, son plus proche voisin à une demi-heure de marche par un sentier en dévers.

Le vieil éleveur de chèvres accole cette expression à tout ce qui lui paraît le meilleur, la piquette de sa treille, la sève des tiges de chélidoine pour ses verrues. Les choses sont pour lui « sans pareilles » ou « toutes mauvaises ». Il tient de ses ancêtres huguenots que le chemin entre sa conscience et Dieu est sans détours et il ne s'aventure jamais sur les voies sinueuses du doute. Quand Ioan a des moments de flottement et qu'il ne peut filer aux fêtes de village, il va se réconforter auprès de Justin. En quelques phrases le berger remet les pendules à l'heure des certitudes de l'Évangile, et leurs solitudes s'épaulent.

Il descend l'escalier encadré de romarin, place ses mains contre l'écorce boursouflée du mûrier, renoue avec le passé de la magnanerie du mas. Les feuilles ont nourri il y a plus d'un siècle les vers à soie qu'on élevait à l'étage supérieur de la bâtisse, la pièce des magnans haute de plafond. Cet hiver il l'a aménagée en atelier.

Quelques étagères, une table longue, une chaise, un poêle à bois, et il s'est attelé à un autre travail sans fin, classer les milliers de photos qui sommeillaient dans des boîtes en métal.

Sur le banc du mûrier son téléphone portable est resté là depuis la veille. Le répondeur a enregistré un numéro inconnu. Gina a dû essayer de le joindre.

Il fourre l'appareil dans sa poche, gagne à pas vifs la terrasse, rafle en passant le bol et un reste de tartine, grimpe à l'atelier.

D'une boîte métallique Ioan tire des photos à odeur de moisi. Étalées sur la table il les tient un instant à distance, s'en imprègne. Ses clichés montrent des paysages urbains rasés, sans témoins, où seules les lignes fracturées des décombres parlent de ravage et de perte. Elles se lisent à plat, comme des plans. Sous la lumière rasante, l'impact des bombes, les coulées de lave ou la violence des séismes deviennent criants. Jamais de portrait, pas de pietà en larmes, pas de sublimation du réel. Ses images sans acteurs, aussi strictes que des cartes topographiques, témoignent de la vie pétrifiée d'après les catastrophes et les conflits, quand la désolation succède à la douleur.

Ni envoyé spécial ni reporter, Ioan, engagé par une agence internationale, établissait par le monde des relevés cadastraux pour que les reconstructions après les conflits et cataclysmes s'appuient sur des actes de propriété. Armé d'un appareil argentique, un solide Canon acheté l'année de la chute du mur de Berlin, il reconstituait l'histoire de chaque are de terrain parcouru, captait la dramaturgie des décombres, faisait parler les ruines comme on relève les hiéroglyphes d'un parchemin en miettes.

Une série de photos d'un quartier bombardé de Sarajevo fit la une des magazines. Ses cadrages larges révélaient l'imbrication des communautés avant la destruction de la ville. Les aplats striés de ruines aux teintes plus ou moins foncées selon les matériaux utilisés par chaque clan parlaient du naufrage d'une époque tolérante. Il devint celui qui était capable de rendre compte du pire dans un silence glacial, devint le chef de file d'une école qui mettait à distance l'impact du réel pour n'en retenir que les cicatrices. On le vit dans toutes les expos, les galeries, sur tous les fronts, il gagna beaucoup d'argent.

Puis par un jour de détresse infini qu'il n'avait pas vu venir, il mit fin à l'aventure, quitta sa maison de Touraine et s'exila dans les Cévennes.

Ioan s'approche au plus près d'une photo prise à Beyrouth, fait glisser la loupe sur le côté droit du cliché, revient au centre, balaye à nouveau la marge, n'en croit pas ses yeux.

Grimpé sur un tas de gravats, capté par le hasard du cadrage, un enfant le regarde. La touche de sa pupille, à peine un éclat, griffe son visage. L'irruption de ce gosse est impensable. Jamais dans ses clichés il n'y a d'être vivant et là, dans la ville martyre, un enfant, cinq, six ans peut-être, le fixe. Obtenir un agrandissement à partir de ce tirage est perdu d'avance, trop de pixels le rendraient flou.

Il repose la loupe. L'apparition fortuite de ce gamin le plonge dans le doute. Par quel tour de passe-passe s'est-il glissé dans la boîte métallique ? L'enfant doit être un homme à présent. A-t-il toujours ce regard direct figé à tout jamais dans l'éternité de ses six ans ? Les photos sont des mensonges qui conduisent dans des impasses, il le sait.

Pour relativiser cet infime incident il pourrait se dire que la nursery de vers à soie qui lui sert d'atelier a gardé la capacité de faire bourgeonner la vie dans des cocons, fussent-ils de métal, mais aujourd'hui n'est pas un jour innocent. Gina aussi est sortie du cadre de l'oubli pour raviver son passé. Dans l'organisation sans faille de sa vie cela fait beaucoup.

Le vibreur du téléphone grésille. Elle ?

Il laisse l'appareil diffuser un message au fond de sa poche, range le cliché dans une chemise cartonnée où il inscrit « L'enfant », ferme la fenêtre et sort.

Il a attendu la relative fraîcheur de l'après-midi pour reprendre son travail de maçon. Sans relever la tête, méticuleusement, il sectionne les racines d'un chêne vert qui ont descellé les pierres de soutènement de la faïsse. Encore cinq mètres de muret à relever dans ce secteur. Il s'accorde un temps de repos, s'adosse contre un cyprès, symbole de la flamme de l'éternité qui marque l'emplacement d'un petit cimetière oublié.

Quand il a entrepris de débroussailler cette clairière colonisée par des taillis d'yeuses et clôturée de murs écroulés, il ne s'attendait pas à dégager deux stèles où se devinent la croix aux huit pointes des huguenots et quelques mots gravés, sans doute des versets de la Bible. Il les a nettoyés sans s'interroger sur l'histoire de ces morts mis à l'abri de la traque des dragons du roi, il y a deux siècles. Les généalogies ne l'intéressent pas plus que son propre lignage. Il a depuis longtemps sectionné au plus profond de sa conscience les racines qui le relient aux siens.

Ni ascendant ni descendant. Être une entité close sur soi-même, le seul moyen qu'il ait trouvé pour ne pas sombrer. D'autres choisissent la folie.

Son regard s'attarde sur la partie restaurée du muret en demi-cercle. Il connaît l'usage de chaque pierre, celles ancrées au sol, celles qui font l'angle, les pierres de liaison qui empêchent à intervalles réguliers la dislocation de l'ouvrage, celles de couverture placées sur la tranche, calées par des éclats de schiste. Tous les jours, quelle que soit la saison, il fait le tour des murets de la propriété, s'assure que les sangliers n'ont pas fouillé les fondations, rabat les ronces des talus. Ses pensées tournent dans la clairière sans heurts. Il n'y a d'autres conjugaisons du temps que le présent qui s'ajoute au présent, que les secondes qui battent le rythme le long de la veine de ses poignets.

Pourtant son attention est attirée par un léger tassement du mur. À l'aplomb d'une souche de châtaignier, des ramifications souterraines ont entamé un travail de sape. Il s'approche, s'agenouille, découvre une fissure profonde. Il enfonce un bâton entre les pierres, sonde la cavité. À l'automne la pluie s'y infiltrera, la faille s'agrandira et après quelques saisons d'orage le mur finira par s'écrouler.

Cette fissure qu'il lui faudra assainir et combler après avoir brûlé la souche le tracasse comme tout à l'heure l'image fortuite du gosse debout sur les gravats. Depuis la veille, de minimes décalages – l'irruption de Gina en fait partie – grincent comme des grains de silex dans une mécanique bien huilée et mettent à mal la sérénité de son quotidien. Ça doit être elle qui l'a appelé sur son portable, il nettoie ses mains, active le répondeur.

L'intonation du message est rauque, ce n'est pas celle de Gina. La voix qui ne se nomme pas mais qu'il reconnaît le ramène brutalement dans un monde qu'il avait déserté : « Salut Ioan, depuis trois mois je suis sans nouvelles de Valentin, le jour de ses dix-sept ans ton petit-fils a disparu dans la nature, sans doute à Barcelone. Il faut que tu fasses quelque chose. »

Plus qu'un rappel, une claque. En quelques mots secs son identité fait surface. Le solitaire du haut des Gordes est un grand-père de soixante ans qui a perdu de vue Valentin lorsqu'il avait six ans, à la mort de Simon son père, c'est-à-dire de son propre fils. Ioan qui se voudrait poussière de schiste et qu'un simple appel de Laura, la mère de Valentin, replace dans la lignée des hommes.

Il reste assommé, téléphone en main, regardant la barrière des collines glisser irrémédiablement vers la plaine glauque et s'engloutir dans un fracas de vagues sombres en Méditerranée.

La seule réponse qu'il trouve pour résister à la pression qui s'abat sur ses épaules est de se précipiter vers le mur et de se mettre à caler les pierres branlantes, comme si d'arrêter la progression de la fissure allait remettre de l'ordre dans ces heures qui lui échappent.

Bras enfoncés dans la glaise il cure la poche humide, en retire les radicelles, y laisse la peau de ses mains nues. Il nettoie, cherche en aveugle il ne sait quelles certitudes, pousse encore, accouche les profondeurs de la faïsse. Au bout de ses doigts la naissance et la mort se frôlent, la voix dure le rattrape, s'enroule autour du mot « disparu », et rien ne vient à bout de l'obsédante antienne qui réunit son petit-fils et son fils, « Valentin-Simon, Valentin-Simon », grinçant pas de deux des disparus.

En prise directe avec la terre, il lance un cri qui bouscule le cyprès enfoncé comme un glaive dans l'énigme du cimetière.

Au seuil de sa maison Justin tend l'oreille, se demande quel animal a bien pu se prendre les pattes dans un piège. Puis le silence des grillons reprend le dessus.

Dans le noir, dos courbé et tête à toucher les pierres du mur, Ioan finit de colmater la brèche. Ses doigts ont maculé ses joues de glaise et il quitte le petit cimetière comme s'il sortait d'une mascarade.

Il s'est attelé aux tâches les plus rudes, curer la citerne, réajuster les lauzes du toit. Le soir la fatigue l'a laissé cassé, reins lourds. Il a essayé de trouver le sommeil sur la terrasse, puis s'est réfugié dans l'atelier où il a passé ses heures d'insomnie à scruter les clichés.

Ce matin il s'est décidé à appeler Laura.

Il a écouté la femme sans lui couper la parole. Depuis deux ans Valentin navigue chez les uns chez les autres, en rupture de lycée. Il y a six mois il est parti sur un projet flou de cueillette d'olives en Espagne. Une de ses copines, Cloé, est passée à la maison prendre quelques affaires avant de le rejoindre dans un squat de Barcelone et a laissé un numéro de téléphone qui ne répond pas. Depuis, plus rien. Elle lui enverra par texto l'adresse du squat. Elle en a profité pour lui rappeler que dans la famille de Ioan, Barcelone n'était pas un lieu innocent, que son père dont il ne parlait jamais y avait déjà perdu son âme et que dans les veines de Valentin coulait le sang des hommes vagabonds. Il a encaissé cette morale amère, n'a rien promis. On n'abolit pas des années de rupture et de ressentiment par un simple coup de fil.

À la mort de Simon, Laura s'est retranchée avec Valentin dans une forteresse dont elle a coupé les voies d'accès, laissant Ioan à la porte. C'était la punition infligée à celui qui avait le mauvais goût de survivre à son fils. Il s'est effacé, dégâts collatéraux des deuils.

Barre à mine à l'épaule il s'en va vers les Gordes où deux rochers ont dévalé la pente, creusant des saignées dans les broussailles avant de se ficher en travers du sentier qui mène chez Justin. La chaleur sèche pique sa peau. Enfermé en lui-même il est le fer du pieu, il est le relief bosselé du bloc de pierre, il est d'un pays infini où les hommes et les femmes ne se disputent pas les liens qui les unissent. Rien ne le distrait de son effort et il faut que Justin s'y reprenne à deux fois pour qu'il lève la tête.

Tassé sous une chemise de drap aux pans ramassés dans un pantalon de velours lustré, il l'invite, en lâchant un jet de salive qui fleure le tabac, à goûter quelques instants la fraîcheur de sa tonnelle.

Deux virages en montée, sa maison est là, déséquilibrée par une terrasse couverte d'une vigne à piquette dont une bouteille les attend avec deux verres.

— Je te regarde travailler depuis un moment.

D'un geste sec il jette au sol l'écume qui s'est formée en haut du goulot, verse le vin et s'affale sur un fauteuil en rotin moulé à sa corpulence, guettant Ioan du coin de l'œil. Entre voisins on échange des demi-phrases, des mots ponctués de silence. Il réfléchit à voix haute.

— D'habitude tu cherches l'ombre pour travailler tes faïsses... les rochers, y a pas urgence, même le facteur ne monte plus jusqu'aux Gordes... un jour de plus un jour de moins, alors... tu ne dors pas beaucoup ces temps-ci, la lumière des magnans reste allumée toute la nuit… tu es jeune pourtant, moi c'est pas pareil, mes yeux ne me permettent plus de lire la Bible alors j'écoute les étoiles… tu as entendu l'autre jour le cri d'un animal blessé… ça venait du vallon aux tombes.

Inutile de nier, le vieux passe ses journées à observer tout ce qui bouge d'une colline à l'autre. Il a dû le voir descendre vers la clairière.

— J'étais dans le coin à redresser l'arc des murets.

Justin ressert une tournée, affirme sa voix.

— À l'époque des dragonnades on enterrait ses proches dans la clandestinité, le vallon était une bonne cache. Si tu y retournes fais attention à deux choses. Gratte les dalles, sur l'une est gravé quelque chose comme « Il était perdu », sur l'autre « Il est retrouvé ». Paraîtrait que ce sont deux frères, des réformés du hameau du dessus. Ça a à voir avec la parabole du fils prodigue, le père qui accueille un de ses fils parti vivre sa vie. Mais je t'embête avec ça.

Ioan se secoue.

— Non, non !

— Si, je rabâche, faut être un croyant d'ici pour comprendre ces histoires de fils et de père. Tiens, on va goûter à mon pâté, ce lapin-là, le collet l'a pas laissé courir, gavé de thym, un sans pareil.

Il écarte le rideau de perles de bois, disparaît dans la cuisine. Que sait-il de la vie de Ioan ?

Au début Justin l'a observé sans y croire. Une vraie fourmi des murets ce gars-là plus tout jeune. Il allait se casser les reins vite fait, il n'y avait que les gens de la ville pour penser qu'on pouvait venir à bout des serpents de pierres sèches qui soutenaient les terrasses. Quelle vanité le poussait à poursuivre jour après jour ce travail que les pluies mettaient régulièrement à mal? Puis au fil des ans, comme l'homme tenait le coup, il s'est dit que derrière sa pioche et sa pelle il y avait autre chose qu'un défi perdu d'avance, une détermination douloureuse qui ne se partageait pas. Un beau matin il est allé au-devant de lui, mains tendues. Pas d'allusions sur ses échappées vers la plaine tous pneus hurlants, ni sur les femmes qui parfois l'accompagnaient au retour en riant fort. Qu'il soit venu se perdre aux Gordes n'était pas son affaire.

Justin trempe le pain dans son verre, pique le pâté de la pointe du couteau. Ioan fait de même, gestes de conni-vence. La parabole du fils perdu puis retrouvé tombe au moment où surgissent Valentin, l'ombre de Simon et la vague silhouette de son propre père, comme si le vieux berger proposait l'exacte pierre taillée qui colmaterait la brèche.

— Et la deuxième chose que tu voulais me dire?

Le couteau claque sur la table, la bouteille vibre, Jus-tin se tait. Ioan abandonne.

— Allez, j'y retourne. Et merci!

Il est en bas de l'escalier quand Justin le hèle.

— Attends un peu!

Penché au-dessus de la balustrade il crie presque.

— L'autre chose c'est au sujet du vallon. Vers le milieu il y a une veine de terre humide, tu as dû la voir, c'est trois fois rien mais il reste toujours une poche d'eau, comme la résurgence d'une source, et la glaise travaille les murets en silence. Tu m'entends? Si tu la négliges, dès que tu auras le dos tourné l'eau refera des siennes, repoussera les pierres, tu t'en tourmenteras. Si au contraire tu t'en occupes, elle finira par s'assécher, mais à y retourner sans cesse tu ne pourras plus t'en défaire. Quel que soit ton choix, maintenant que tu connais la fissure, elle ne te laissera plus en paix. Tu m'entends, plus en paix ! Allez je me fatigue, je dis des conneries, comme si les pierres et la terre c'était du vivant ! Je vais faire une petite sieste. Salut l'ami.

Il a parlé d'un trait comme ces prédicateurs à l'ancienne qui tenaient des prêches de feu. Ioan reste figé au pied de la terrasse désertée. L'ombre a effacé la table, la bouteille et les verres. L'embrasure de la porte n'est plus qu'un rectangle noir, un tunnel où vérités et illusion font bon ménage.

Ioan s'en retourne. Au fond de sa poche, le téléphone avec ses messages inquiets. Des années à cadrer ses journées et en un rien de temps une cascade de signes qui chamboule ses habitudes et fragilise son organisation. Femme, gamin des ruines, vivants et disparus, tous s'y mettent. Avec des hoquets et des poussées, comme la glaise. C'est ça, comme la glaise du vallon des tombes. Il gueule « Putain de brèche ! » et se met à courir vers le mas. C'est samedi, il trouvera bien une fête dans un village des environs.

Son sac avec quelques affaires pour la nuit si des fois il restait sur place, au dernier moment l'appareil photo, et il saute dans son pick-up bleu à cabine, démarre mâchoires serrées.

À la hauteur du carrefour des Sources le parapet a été éraflé sur plusieurs mètres. Ce n'est pas la première fois qu'une auto évite de peu le précipice. Il ralentit à peine.

Plus bas au giratoire il hésite, tourne deux fois dans le rond-point. Des pancartes dans ses phares. Ses mains décident pour lui, il fonce vers Montpellier.

Vers l'Espagne, vers Barcelone.

Ioan roule, yeux rivés au macadam. Dans le lecteur un vieux CD de Nick Cave en sourdine. Les remugles de vase des étangs de Sète s'infiltrent dans la cabine, une senteur chargée d'humidité, malsaine. La voix du rocker le maintient en apnée. Dans une heure il laissera l'autoroute, bifurquera vers les Pyrénées, retrouvera les hauteurs nécessaires à son souffle.

Passé Perpignan la nationale prend de l'altitude. Sur les bas-côtés l'herbe cède la place à un sol rocailleux, le paysage redevient familier. Il hume l'air frais, la fièvre qui l'a jeté sur la route de Barcelone s'estompe. Le temps est en suspens comme lorsqu'il se faisait déposer sur un site et qu'à l'arrière les ponts étaient coupés.

Au col d'Arès il éteint le moteur, passe la frontière vers l'Espagne en roue libre, geste de clandestin. À la sortie d'un virage un chevreuil prisonnier des phares le regarde venir, tétanisé, yeux en soucoupe. Il enclenche une vitesse en catastrophe, la voiture s'arrête en travers de la route. Dans le rétroviseur aucune trace de la bête. Pour l'imprévu et l'étrange il a assez donné ces jours-ci, il faut qu'il se réajuste au réel. Sur sa droite l'amorce d'un sentier. Il va se reposer dans la cabine.

Jambes sur la banquette, il allume une cigarette, s'amuse à suivre du doigt le réseau de lumières qui tapisse la vallée. S'il avait la faculté de s'élever dans les airs il découvrirait la plaine de Catalogne quadrillée de routes convergeant vers Barcelone et bordée du drap sombre de la Méditerranée.

Que cherche-t-il à réparer en s'embarquant à l'aveuglette pour cette capitale porteuse de valeurs ambiguës, l'art sur catalogue, le fric, les touristes, la faune des marginaux, les ruelles chargées d'embruns à odeur de noyé? Valentin s'est éloigné de sa mère, c'est de son âge, pourquoi lui courir après? Il n'y a pas de nécessité biologique à se tendre la main par-dessus les générations. L'arbre généalogique de sa famille s'est cassé net un sale jour de tempête et Laura, dans la stupéfaction et la douleur, n'a rien fait pour sauver ce qu'il en restait. Bien au contraire, elle a élagué les dernières branches au ras du tronc comme si pour survivre à la perte il fallait tailler au plus près. Il a été rejeté comme un vulgaire bois mort sans que Valentin ait eu le temps de devenir vraiment son petit-fils.

Il enclenche le lecteur de CD. Simon riait en lui faisant découvrir Nick Cave: «Tu ne trouves pas que je lui ressemble?», il répondait vaguement: «Oui, je ne sais pas, avec tes cheveux de corbeau et ta belle gueule peut-être», et adossés au bastingage du voilier ils écoutaient le rocker en buvant des bières. À quoi bon se souvenir? Il se redresse, saute au sol.

Il est encore temps de faire demi-tour. Une simple manœuvre et aux premières heures de la matinée il retrouvera le mas. Par la portière ouverte une voix de femme en duo avec Nick Cave le retient:

Repose ici petit Henry Lee
Jusqu'à ce que la chair se détache de tes os
Car la femme que tu as
Dans cette joyeuse et verte contrée
Peut attendre pour toujours que tu rentres à la maison.

Quand on lui a annoncé que le voilier de Simon avait disparu corps et biens il est allé acheter les CD et a traduit les textes. Dérisoires petites couronnes mortuaires.

Il regagne lentement la voiture, se hisse sur le siège, fredonne la suite :

Et le vent a vraiment rugi, et le vent a gémi.

Demain il sera à Barcelone.

Mains croisées derrière la nuque, il se laisse envahir par une silhouette étrange. La tête de Valentin enfant plantée sur le corps de Simon. Est-ce pour ajuster ce puzzle filial qu'il a quitté son nid d'aigle ou a-t-il été atteint par la pique de Laura lui rappelant que s'il avait fait le ménage dans le placard de sa famille, son petit-fils ne serait pas en train de vagabonder dans cette ville à la mémoire sournoise ?

Ses paupières s'alourdissent. Agenouillé devant la murette de la clairière aux tombes, il enfonce ses bras dans une brèche sans fond. Il dort.

Dans son fauteuil tiré devant le rideau de la cuisine, Justin repose, yeux mi-clos. À l'odeur âcre des bruyères rabattue par le vent se mêle celle des oignons doux que la famille Rouvière des Gordes cultive en terrasses. Mais ça ne suffit pas à occuper son esprit. Il a entendu tout à l'heure Ioan partir dans son pick-up et il se voit en train de lui crier du haut de la terrasse : « Attends un peu ! » Pourquoi l'avoir embarqué dans l'histoire des tombes du vallon ?

Il frissonne. Depuis que le docteur d'Anduze lui a dit en janvier dernier, yeux dans les yeux, en tenant ses mains dans les siennes, que le mal qui lui faisait cracher du sang ne le lâcherait plus, ses fins de journées sont difficiles. Tout à l'heure quand il a aperçu Ioan arc-bouté contre le rocher qui barrait le chemin, l'envie de parler lui est venue. Il voulait lui faire comprendre que depuis quelque temps la solitude lui pesait, mais l'autre avait trop de choses en tête et ne l'écoutait pas. Après avoir sorti la bouteille et les verres il s'est refermé comme un vieil orgueilleux et a déroulé son prêche. Tant d'années à parler à son miroir et à Dieu lui ont racorni l'âme. Il en est triste.

Il bloque son bras qui tremble, refuse d'admettre que c'est la peur qui l'agite. La douleur qui lui tord le ventre… il en a vu d'autres, chutes dans les rochers, coups de corne, cuisse déchiquetée par la tronçonneuse, mais la fin annoncée qui rôde, c'est autre chose. Le doute, mot qui le replacerait dans la banalité des hommes, qui lui permettrait de prendre du recul, le doute qui rendrait acceptable sa condition de vieil homme au bord du gouffre, il ne peut l'envisager. De passer son temps à combattre le mal par le bien, l'injuste par le juste, le mensonge par la vérité, ne l'a pas préparé à accepter les zones grises qui se glissent dans sa fin de vie. Il a bien essayé d'en dire plus, la veine de terre humide au creux du vallon des tombes, c'était le sol qui se dérobait sous ses propres pieds, c'était sa propre souffrance. Mais Ioan, perdu en lui-même, l'a pris pour lui.

Le vent est tombé. Comme d'habitude quand paraissent les étoiles. Un chuintement feutré, la chouette du grenier part en chasse. Toujours à la même heure. Jusqu'à l'avènement de Dieu le rythme du jour et de la nuit ne changera pas. Incorrigible certitude de la foi des hommes simples.

Il remonte la couverture jusqu'au cou, prépare son sommeil. Il n'a pas su dire non plus à Ioan que cette fois la parabole du père et du fils lui était bien destinée.

Il y a de cela quelques mois, il a découvert dans le présentoir des journaux du Grand Café de Lasalle le portrait de l'homme du mas, en grand sur la couverture d'un magazine. Un nom à coucher dehors, avec plus de consonnes que de voyelles comme il y en a dans les pays de l'Est du côté des Tchèques et des Russes, mais le prénom dont il signait les photos était bien le sien : IOAN. Grand, visage long mangé de cheveux clairs, il souriait.

Le patron du bar lui a dit que c'était un photographe célèbre qui avait tout arrêté à la mort de son fils disparu dans le naufrage de son voilier quelque part en Méditerranée. On venait de monter une rétrospective de ses photos mais il s'en foutait et refusait tout contact avec les journalistes.

Au retour il aurait pu aller lui dire qu'il savait pour son fils, qu'il compatissait, mais on n'a pas à se mêler des affaires des autres. Et quand il s'est décidé à lui sortir la parabole de Luc, c'est comme ça qu'il sait parler, Ioan n'a pas compris son message d'affection.

S'il pouvait s'envoler à l'instant sur son fauteuil et trouver une petite place à la droite de Dieu... mais tout autour de lui n'est que pierre, rochers, terrasses, rien d'aérien. A-t-on jamais vu une seule poussière de mica de granit s'élever vers les cieux ? Qui a mis dans l'esprit des Cévenols que cette terre était celle des Évangiles ?

Il murmure par deux fois «Mon Dieu, pourquoi m'as-tu abandonné ? », sa foi vacille. Les prémices du doute, sans la paix.

Sa tête bascule sur le côté, il dort.

Barcelone est à deux heures de route. Ioan hésite. Plonger vers la côte ou continuer par les crêtes, s'engluer dans la mégapole ou prendre son temps sur les hauteurs qui surplombent Manresa ?

Il traîne dans les villages perchés. Au bar d'une placette il commande café et croissant aux amandes, plus loin marchande raisin et fromage, sirote un *tinto de verano* au comptoir d'un bistrot carrelé de bleu. Itinéraire buissonnier pour repousser l'heure de la rentrée.

Justement, Valentin, dont il commence à se demander si c'est vraiment primordial d'aller à sa recherche, se rappelle à lui. Du moins sa mère. Un SMS avec le téléphone et l'adresse de son amie Cloé, sans autres explications ni salut. Un message coupant comme une bouteille à la mer dont on aurait affûté le bord pour décourager celui qui la trouverait. Qu'importe, dégagé de liens affectifs, il le sera aussi de l'obligation de réussir. Restera, restera pas à Barcelone, ça ne tiendra qu'à sa propre intuition.

Après avoir contourné l'agglomération de Terrassa le flot de voitures se densifie, on le klaxonne, il manque deux sorties, prend la troisième, se retrouve à rouler à travers des collines en balcon puis sur une route de campagne qui va en se resserrant. Dans ses phares surgit la façade aux fenêtres béantes d'un palace à l'abandon. Sur les bas-côtés une végétation brouillonne trouée de bâtisses qu'il a du mal à identifier. Les lieux sont déserts. Il va au ralenti jusqu'à une aire de gravier où stationne un camping-car. Des Hollandais qui dorment déjà. Au bout du terre-plein, Barcelone lui saute au visage.

Accoudé à la balustrade de la plate-forme, Ioan reste figé. Tout en bas les lumières de la ville enflamment la vallée catalane de rouge et d'or. Églises, buildings, avenues, immeubles scintillent de mille feux et cette vague de braises endiguée par les versants des coteaux roule jusqu'à la barre sombre de la mer. Une rumeur sourde hachée par la cime des arbres s'élève jusqu'au belvédère. Minuit bientôt, le cœur de la capitale est en fusion. Il se sent en déséquilibre, attiré par le vide. Dans son dos des années de solitude, de travail monacal, de reconstruction, à ses pieds, une foule explosive, avide, prête à broyer ceux qui s'y risquent, un labyrinthe où s'affolent des papillons épinglés par la lumière. Ses doigts se crispent sur la balustrade, ramènent de la poussière. Rien n'est stable. S'il veut retrouver son petit-fils, il lui faudra accepter de se confronter à l'irrationnel, à l'inorganisé, à tout ce qu'il a enfoui patiemment sous des kilomètres de murets. Il crie de toutes ses forces vers l'horizon.

Les Hollandais réveillés par son raffut, calfeutrés derrière leurs rideaux, le voient sauter d'un bond sur le parapet, bras écartés. De la pointe du pied il tâte les torsades de ciment, assure son pas, sautille jusqu'au pilier d'une pergola écroulée, tente un demi-tour hasardeux et au bord de la chute lance un appel impossible vers le magma de la ville : « Valentin ! Valentin ! » Il bascule en arrière, se récupère lourdement, reste sonné sur le gravier.

Son corps en décalage avec ce qu'il voudrait lui faire accomplir lui rappelle qu'il a plus que trois fois vingt ans. Maillon rouillé d'une chaîne de vie qui ne lui demandait rien, il est là comme un idiot, pense-t-il, le menton à hauteur des genoux, un énorme bleu sur la cuisse droite.

Il va attendre le lendemain pour descendre à Barcelone. Il se sera calmé, ne se laissera ni absorber ni séduire par la ville. Il veut seulement retrouver Valentin, le fils de son fils, et repartir au plus vite.

Il gagne la voiture en claudiquant, déplie une couverture, s'installe sur le plateau arrière, tête calée contre son sac. Qui est celui qu'il cherche ? Valentin le grand enfant perdu dans la cité, ou à travers lui son propre enfant perdu en mer ? Au loin, invisible, la masse d'eau reprend la plainte des noyés. Il fredonne entre ses dents « *Repose ici petit Henry Lee* ».

Le sommeil viendra, longtemps après.

Vers cinq heures, dans le bref moment où Barcelone groggy fait silence, il lui semblera entendre, porté par le vent du large, au-delà des plaintes du petit Henry Lee, une autre voix, grave, à l'accent étranger mais pas tout à fait inconnu, comme un invité surprise qui chercherait à s'installer à la table des souvenirs.

Il fait grand jour quand le crissement du gravier le réveille en sursaut. Les Hollandais ont levé l'ancre et un gars rôde autour du véhicule avant de disparaître dans les bosquets. Il va devoir se tenir sur ses gardes, on ne bivouaque pas dans la banlieue de Barcelone comme sur la terrasse du mas.

Des taillis émergent des ruines que la nuit avait gommées. Entrelacs de ferraille, coupoles éventrées, portails rouillés donnant sur des terrains vagues, tourelles cernées de glycines, gloriettes mangées de viorne. La pancarte de tôle émaillée LA RABASSADA que les chasseurs du coin se sont amusés à cribler de chevrotines ne le renseigne pas sur la nature des lieux.

Rapide demi-tour pour rejoindre sans se perdre les boulevards de ceinture. Une demi-heure de trafic intense, il entre dans Barcelone par la Ronda de Dalt et se gare près d'une bouche de métro.

Quelques stations plus tard il débouche au cœur historique de la ville sur une immense place au soleil. Yeux gonflés de sa mauvaise nuit il se laisse tomber sur un banc siglé par les tagueurs, et sur un vieux carnet de mission recopie l'adresse de Cloé : « Villa Usurpa / carrer D'en Robador / barri El Raval ». Au verso de la feuille quadrillée, des séries de chiffres et de croquis, les relevés topographiques des quartiers martyrs d'Armero en Colombie enfouis sous les coulées de lave du volcan Nevado del Ruiz. Deux mondes que séparent plus de vingt années et qui ne se rencontreront jamais. Il se demande si Barcelone n'est pas là simplement pour lui rappeler que sa vie n'a été qu'une succession de rendez-vous manqués.

Son regard habitué à apprivoiser l'alignement des pierres s'affole devant la foule mouvante de la plaça de Catalunya. Touristes en groupes serrés derrière des parapluies fluo, jeunes à capuche dans leur nuit blanche, gros bras tatoués qui installent le podium de la prochaine fiesta, musiciens péruviens, vieille femme aux pigeons. Comment retenir l'essentiel ? Cette fille aux cheveux ras, piercings en devanture qui traverse la pelouse avec son chien au foulard rouge, connaît-elle Cloé ? Cet homme en salopette descendant vers le port en sifflotant va-t-il retrouver Valentin sur un chantier maritime ? Ces ados qui s'éclatent à la terrasse du McDo en ricanant viennent-ils de se charger en shit dans un squat du barri El Raval ?

En haut des Ramblas il repère sur un panneau indicateur la carrer D'en Robador, parallèle à l'avenue. Il approche du but. Besace à l'épaule, il se mêle aux badauds qui s'agglutinent autour des fleuristes, oiseliers, jongleurs, acrobates, musiciens et vendeurs à la sauvette. Des mimes de rue – statues humaines – défendent leur bout de trottoir avec une surenchère d'habits d'époque, de tissus empesés et de fards. Un gladiateur au torse de bronze, Dalí aux moustaches appointées en cornes de taureau, Michael Jackson exophtalmique et lippu, Gandhi assis en tailleur devant une écuelle de sel.

Vers les guirlandes de jambon du marché couvert de la Boqueria, Ioan marque le pas. Un centurion harnaché d'une cotte de mailles soulève son bouclier quand une aumône tombe dans son escarcelle. Une Mamma Roma à la poitrine fellinienne sort une langue obscène au tintement des pièces jetées dans une coupelle. Légèrement en retrait, face à un banc déserté, un ange en tunique dorée, tout en délicatesse, affublé d'ailes déployées et d'une couronne de laurier qu'il tient à bout de bras dressés vers le ciel, fixe la ligne d'horizon à travers des bandelettes trempées dans de la poussière d'or. À moins qu'il ne rêve à la colonne de Siegessäule au cœur de Berlin.

Lorsque Ioan s'éloigne, il lui semble que les yeux de la statue le suivent. Il revient sur ses pas. Coulé dans un moule d'or, l'archange fétiche de Wim Wenders n'a pas bougé un cil. Ses souvenirs lui jouent des tours. Lors de la chute du mur de Berlin, équipé de son Canon tout neuf, il a fait plusieurs clichés de l'ange du Tiergarten qui flamboyait en haut de la colonne sous l'or de l'Ouest retrouvé.

Un coup d'épaule à droite il trébuche, un autre à gauche il sent qu'on tire sa besace. Mains jetées en arrière il la retient de justesse. Des ombres s'évanouissent dans le dédale du marché. Deuxième alerte de la journée. Il n'est plus l'homme en retrait mais l'étranger qu'on guette. Dans cette jungle où tout se forme et se déforme, savoir maîtriser l'assise d'un muret ne lui est pas d'un grand secours. Il pensait voyager sans se frotter aux autres, une escapade éclair, mais sa quête s'avère plus complexe, il va lui falloir suivre des pistes, enquêter, rester plusieurs jours peut-être.

À l'angle du métro Liceu il commande en terrasse un « *café con leche y bocadillo* », poursuit son monologue intérieur. Il est dépaysé mais sa capacité à réagir en milieu inconnu est intacte, il vient de le prouver. « Après cette parenthèse automnale à Barcelone la vie reprendra comme avant, il faut simplement que je trouve le moyen d'être là sans trop y être. » Formulée à voix basse cette pensée le rassure.

Quand Valentin était petit, quatre, cinq ans peut-être, lors d'une des dernières vacances en famille avant la disparition de son père qui passait ses journées à aménager son voilier plutôt que d'apprendre à naviguer, il avait hissé le gamin sur ses épaules et s'en était allé sur le sentier des douaniers. À chaque pas le brouhaha estival s'estompait dans leur dos alors que devant eux les vagues montaient en meuglant à l'assaut des rochers. Il suffisait qu'il exécute un simple demi-tour pour changer la donne, recevoir une volée de cris, de rires et d'appels venant du port, puis dans un mouvement contraire s'offrir au grondement des flots. C'était sa façon de faire goûter à l'enfant ce qu'était « être là sans trop y être ». Le petit balbutiait son nom, disait « encore Ian, encore Ian ! » et lui, cheval fou, allait d'un bord à l'autre, virevoltait, lui offrait la joie d'être à la frontière de deux mondes, tantôt dans le réel des hommes tantôt dans le mystère des eaux. Jusqu'au moment où, serrant ses petites jambes, s'accrochant à ses cheveux, Valentin lui avait signifié que le jeu ne l'amusait plus. Il l'avait pris dans ses bras, s'était installé face à la mer, l'enfant s'était calmé. La sensation de liberté de l'entre-deux pouvait vite basculer dans l'angoisse. Plus tard, Simon qui n'arrivait pas à se décider entre être un marin de bistrot ou un navigateur, entre un homme des amitiés faciles ou le solitaire des courses du grand large, en avait payé le prix fort. Peut-être que Valentin, lassé des pas chaloupés de son père et de ceux incertains de son grand-père, tous deux à la recherche de l'éternelle bonne distance, était venu chercher à Barcelone une identité plus stable que celle de la lignée des hommes de sa famille.

Sur sa droite des mots en français. Il tourne la tête.

— Excuse-moi, je disais simplement que tu parlais tout haut, dit la voix, ce n'est pas un reproche.

Deux tables plus loin, une femme sportive aux cheveux bruns retenus par un bandeau vert lui sourit. Depuis sa visite à Justin personne ne lui a adressé la parole, il ne répond pas, encombré du poids de son petit-fils sur les épaules. L'inconnue insiste.

— Tu devrais mettre ton sac sur tes genoux.

Bref silence.

— Pour m'ôter la tentation de partir avec.

Effectivement, avec son allure et ses baskets elle doit être rapide. Spontanément elle change de table. Ballet de chaises et de tasses. Elle est d'ici et d'ailleurs, la terrasse est son poste de guet, quand elle repère un gibier elle se met en chasse. Elle n'en dit pas plus.

Il se sent balourd, cherche ses mots. Une explosion sourde le tire d'embarras. Puis deux autres vers le bas des Ramblas. La femme pose sa main sur son poignet :

— Ça se bagarre dans le Raval. Les Okupas, les squats, c'est pas mon truc mais si tu veux on y jette un coup d'œil.

Nouvelle explosion. Des sirènes de voitures de police. Elle se lève, il la suit.

Dans les rues étroites aux échoppes marocaines, la femme lui en apprend un peu plus. La police évacue Can Lluis, un squat que la municipalité a décidé de fermer. Au petit matin Radio Bronka a diffusé l'alerte et comme un seul homme les squatteurs de Barcelone sont descendus dans la rue. Ceux de l'intérieur ont bloqué portes et fenêtres, et suspendus par des baudriers aux façades ils narguent les Mossos qui répliquent avec des bombes assourdissantes. Elle parle à toute vitesse, passe du catalan au français, revient sur ce qu'il ne comprend pas. Les Mossos d'Esquadra, les policiers catalans, ont garé leurs fourgons en travers de la rue. Face à eux, des vétérans de Can Ricart, de La Makabra, de Laforsa, des durs, ça va chauffer.

Ioan se mêle aux manifestants. Des filles dansent, cheveux rouges et piercings à tous les étages, trois gars encapuchonnés tapent sur des djembés, certains avancent foulard au nez, poings levés, prêts à en découdre, d'autres vont à la fête pétard aux lèvres. Can Lluis scintille sous les projecteurs des Mossos. On parle catalan, espagnol, allemand, français. Deux grands blonds s'égosillent en anglais. Des très jeunes et des trentenaires barbus, des zonards et des filles magnifiques, l'Internationale des révoltés, des engagés, des Indignés, des alternatifs, des glandeurs, des libertaires, des fauchés, des anars, de tous ceux qui choisissent les capitales d'Europe pour vivre en marge. Peut-être au milieu d'eux, Valentin.

La femme au bandeau vert a disparu. Sa montre aussi. L'inconnue s'est s'octroyé un petit souvenir en posant sa main sur son bras à la terrasse du café. Il serre sa besace sur son ventre. La montre il s'en fiche, le Canon c'est

41

autre chose. Pourquoi s'en est-il encombré ? Il n'a jamais couvert l'actualité, n'a jamais fait de portraits et Barcelone n'est pas encore un champ de ruines.

Les affrontements toujours. Les expulsés ont accroché une banderole « OKUPA Y RESISTE ». Les Mossos dressent des échelles sous les jets de canettes. Des explosions à nouveau. Ioan dérive d'un groupe à l'autre, trop d'énergie, trop de jeunesse, trop de réel. Il se fraie un chemin à contre-courant et va s'adosser contre un rideau de fer. Son regard accroche la plaque de la rue d'en face : « Carrer D'en Robador ». La rue du squat de Cloé. Il ne lui reste plus qu'à trouver la « villa Usurpa ». Il approche du but. Dès qu'il aura mis la main sur Valentin, il l'embarque et repart aussitôt.

La rue n'est pas longue. Il a poussé les portes des halls et des commerces, des couloirs et des courettes, a déchiffré une à une les boîtes aux lettres. Pas trace de « villa Usurpa ».

Il fait très chaud, sa chemise colle à la peau. Du côté de Can Lluis c'est l'accalmie avant la tempête. Les jeunes refluent en masse vers un bar du coin, devanture rouge et noir barrée d'une frise de cactus et couverte d'affiches, poings levés et chats noirs en colère. Le trottoir déborde d'une clientèle excitée, yeux rougis par les lacrymos, verre et bouteille à la main.

Chez lui, dans les fêtes de village il sait manœuvrer, là il se sent aussi lourdingue que le gars du Texas qui débarque à New York dans *Macadam Cowboy*, empêtré dans ses santiags et sa veste à franges. Mais aucun de ceux qui hèlent leurs copains au seuil du bar n'a entendu parler de ce film, il est d'une autre génération, de deux même. Le petit garçon du chemin des douaniers qui s'en est allé à Barcelone en laissant une fausse adresse à sa mère fait sans doute partie de cette hydre qui joue à des jeux dangereux avec les Mossos et s'alcoolise en toute fraternité dans des repaires d'anars. Il redit son prénom, « Valentin ». Toujours sa manie de parler seul, aussi absurde que si tombé à l'eau il criait « bouée » pour la faire surgir par magie devant lui. Il sourit, c'est assez pour déclencher la sympathie.

Un gars, la trentaine bouillonnante, musclé comme un docker, tricot noir barré de flammèches, lui fourre un ballon de vin rouge entre les mains :

— *¡Hola, beure amb nosaltres !*

Ioan prend le verre, de la tête montre qu'il n'a pas compris et répond au jugé :

— J'suis français.

Une grande claque dans le dos, le docker reprend en castillan :

— Bois avec nous, les Mossos ont déserté, repli tactique, ils vont revenir avec des camions à eau, on s'en fout on a la vie devant nous, eux ils sont sur la mauvaise pente !

Il continue sur ce ton sans s'inquiéter de savoir si Ioan décrypte son accent qui bouffe les syllabes, dit fièrement ses faits d'armes, tonnes de ferraille derrière les portes du squat, jets d'ampoules d'encre rouge et les alertes diffusées au petit matin par Radio Bronka, les tweets et Usurpa-Info.

Ioan l'arrête.

— Tu as dit Usurpa ?

— Usurpa-Info, c'est un bulletin sur le Net.

— Ils ont une villa dans la rue, non ?

Le costaud se renfrogne, boit à même la bouteille, s'essuie la bouche, le toise. Sa poigne s'abat sur son épaule. Il l'entraîne sur le trottoir d'en face, lui souffle son haleine :

— T'es naïf ou tu provoques ?

D'autorité Ioan lui subtilise la bouteille, aucune crainte sur ses traits. Il prend son temps pour s'envoyer à son tour une longue gorgée, soutient le regard de l'autre qui semble apprécier.

En deux phrases Ioan dit ce qu'il cherche. Un jeune en fugue, une adresse par SMS comme seul contact. L'homme opine en rigolant, lui explique que quand on donne rendez-vous à la «villa Usurpa» c'est pour dire qu'on loge selon le feeling du jour dans un squat ou dans un autre. Pas une adresse, un mode de vie. S'il veut en savoir plus sur l'actualité des Okupas il n'a qu'à surfer sur Usurpa-Info. Il lui souhaite bonne chance, surtout que vu son âge les langues ne se délieront pas facilement. Il rigole encore un bon coup, «villa Usurpa!» et griffonne au revers d'un tract le téléphone d'une amie.

— De ton âge, insiste-t-il toujours hilare, elle est branchée réseau, elle en connaît un bout, elle peut t'aider. Sois franc avec elle et dis que tu viens de la part d'Orwell. On m'appelle aussi le Catalan.

Ils rejoignent le bar noyé dans un nuage de fumée de shit. Orwell disparaît, ressort avec une bouteille qu'il tend à Ioan.

— Un *tinto* de Penedés, ma ville natale, un mélange de grenache et de *tempranillo*, c'est mon père qui le vendangeait, tu m'en diras des nouvelles.

Ioan n'a que son nom à donner en échange. Une accolade, un dernier «*¡Bona sort meu amic!*» «Bonne chance, mon ami!» et le Catalan s'en retourne au bar.

Les corps se pressent, se poussent, se heurtent. Ça gueule d'un bout à l'autre du trottoir. Aigus des rires, basses de la sono, Ioan étouffe, part à la recherche d'un filet d'air.

Trois ou quatre rues sombres, et enfin la brise qui agite les palmiers de l'avenue Drassanes. Il vient d'entendre plus de mots qu'il n'en prononce et n'en reçoit en un mois. Il se voulait sans mémoire et se trouve pris dans l'emboîtement de générations dont la dernière semble incontrôlable. Ses gestes sont lourds, saccadés, il est un mannequin échappé du musée de Cire d'en face sans plus de sang dans les veines que les doublures des joueurs du Barça figés sur leur socle.

Peu à peu la tension retombe. Les filles de l'Est et les Sud-Américaines en short moulant et talons aiguilles poursuivent leur tapin, le téléphérique glisse en silence vers les hauteurs de Montjuïc, le soleil lustre les balustrades rococo du toit du musée, tout est en ordre.

Il sort cigarette et briquet, s'assied sur une chaise métallique soudée au sol, légèrement penché en avant comme quand il s'installe sur le rebord de la terrasse du mas. Si la douceur persiste, le mûrier gardera ses feuilles d'or et les abeilles butineront les fruits à terre jusqu'à Noël. Près de lui le tronc d'un palmier dévoile ses incrustations géométriques.

Quand l'émotion le submerge, Ioan se réfugie dans l'observation minimaliste de ce qui l'entoure au plus proche. De maîtriser son regard, de toucher du doigt le réel immédiat, l'apaise. Sous les tailles successives, le tronc de l'arbre a pris l'aspect d'un gros ananas. Les découpes en losange sculptent la colonne qui s'élève en symétrie jusqu'au plumeau de palmes. Là nature si prompte à semer le désordre à la surface de la terre s'évertue aussi à y mettre de l'ordre. Il en connaît les deux facettes, chaos des cataclysmes et agencement obsessionnel des murets. Mais dans cette double approche primitive du monde sur laquelle il a bâti sa vie,

quelle place a-t-il laissée aux hommes et aux femmes ?
Une main se pose sur son épaule, il sursaute, se retourne.
Personne, seulement l'empreinte de celle du Catalan
qui l'a appelé «mon ami». Deux mots trop longtemps
oubliés. Au mas la solitude ne lui pesait pas, ici c'est
autre chose, il est seul.

En quelques enjambées il se retrouve dans les couloirs
du métro à chercher les correspondances pour rejoindre
sa voiture. Il lui est physiquement impossible de dormir
dans l'hôtel d'une ville maritime à l'unisson de centaines
de milliers de respirations inconnues. Deux, trois heures
encore avant la fin du jour, il a le temps de rejoindre la
colline de la Rabassada. Il s'y installera pour la nuit.

Sur le terre-plein de gravier ouvert à tous les vents, plus de camping-car, pas âme qui vive. À la recherche d'un lieu moins exposé il s'enfonce dans un terrain chaotique, stabilise le pick-up sur une plate-forme de béton crevassée.

Aucun bruit bien qu'il devine en contrebas ce qui doit être des maisons ou des ateliers. Rien de très identifiable, un lieu qui a dû avoir ses heures de gloire s'il en juge par l'étendue du domaine. Il y a eu de la vie, il n'y en a plus. Il ressent d'étranges vibrations comme quand il entrait en zone de conflit. En un flash, il se revoit marcher dans la campagne cambodgienne ravagée par la folie khmère, attirail de géomètre sur le dos, le Canon à la main.

Il poursuit son avancée à travers des broussailles parsemées de tas de planches noircies par le feu. Des pilastres brisés et des rails tordus dressés vers le ciel accentuent l'ambiance de désolation. Plus personne ne passe par là. Des rails à nouveau, avec la carcasse d'un wagonnet encore garni de sièges de velours rouge. Après le carrosse, le château de la Belle au bois dormant en piteux état, des ruines soumises au lierre, faîtières affaissées, toitures éventrées. De la propriété qui a dû être flamboyante ne restent que des piliers de fer pliés par la rouille, des squelettes de tonnelles et de gloriettes. Deux escaliers cerclés de glycines centenaires rêvent de mirador perdu.

Dans le jour qui décline il longe les bâtiments dévastés, se baisse, regard au ras du sol, se relève, perplexe. Sur la terre poussiéreuse des traces de pas qui conduisent à une barrière de figuiers de Barbarie. Dissimulée sous des branchages une double échelle rafistolée et, plus étonnant, de l'autre côté, l'amorce d'un arc de pierre. Il cale l'échelle et passe la haie.

Les abords sont piétinés. Ses yeux s'habituent à l'obscurité de ce qui s'avère être un tunnel effondré. Un foyer entre trois pierres noircies, une casserole, des habits en vrac, un pack de bière, au mur un miroir, un poste de radio. Les lieux sont occupés.

Il a dû faire du bruit, du fond de la galerie une voix l'engueule en bon français :

— Dégagez !

Il n'a pas le temps de se demander comment quelqu'un a pu le devancer alors que l'échelle passerelle était de l'autre côté des cactus, la voix qui s'approche claque à nouveau.

— Vous n'avez rien à faire ici !

Il essaye de décrypter la silhouette et montre son appareil dont il ne s'est pas encore servi.

— Je prends des photos, c'est tout.

En réponse.

— C'est Vásquez qui vous envoie ? Il m'avait dit qu'il me gardait l'affaire. Après tout je m'en fiche, y a plus rien à glaner à la Rabassada.

Le jeune homme qui sort de l'ombre tient à la main une griffe de métal. Visage joufflu, cheveux noirs mi-longs sur les épaules, propre sur lui, tout juste vingt ans.

Pour marquer sa bonne volonté Ioan l'informe.

— Je ne connais personne à Barcelone, alors Vásquez tu penses !

Et s'aperçoit qu'il vient de le tutoyer comme il l'aurait fait pour Valentin.

— Pour qui alors, ces photos ?

— Pour rien, comme ça.

— Vous êtes photographe, vous les vendez !

Ioan fait un effort, parler de lui est contre nature.

— Ce n'est plus mon boulot depuis longtemps, je suis là par hasard, ma bagnole est sur le terre-plein là-bas, ça te suffit comme info ?

— Le pick-up bleu ?

— Exact. C'était toi ce matin ?

— Oui.

Ioan recule, ce parloir ne lui convient pas. Il est déjà sur l'échelle. L'autre rigole franchement.

— Vous prenez des risques, il y a un passage dix mètres plus loin.

Il contourne la haie, le rejoint. Il n'a pas lâché sa griffe mais tient deux bouteilles de bière de l'autre main.

— Je ne suis pas dangereux, ma serpette c'est pour fouiller sous les pierres.

— Tu cherches des scorpions ?

Il secoue la tête, attache ses cheveux en queue-de-cheval.

— Si ça vous intéresse.

Il sort de sa poche deux cartes postales tavelées de jaune et explique, sourcils froncés.

— L'attraction phare de la Rabassada en 1920, des montagnes russes extraordinaires. Le Tout-Barcelone venait s'encanailler sur le Scenic Railway, enfin, les plus fortunés. On trouve encore des bouts de rails par-ci par-là, mais personne n'en veut, tandis que les photos, je les vends bien.

Il poursuit.

— Cent ans sous une dalle du hall ! J'en ai bavé pour les tirer de leur cache mais je les ai eues. Le vieux Vásquez me les achète, les revend dans sa boutique, chacun y trouve son compte.

Il dénicherait des os et des crânes, ce serait le bonheur total. Il décapsule les bouteilles, en tend une à Ioan qui n'arrive pas à se détendre. Trop d'exaltation chez ce jeune.

— Tu récupères des souvenirs ? C'était quoi la Rabassada ?

— Déconnez pas, si vous êtes là avec votre appareil ce n'est pas pour rien.

— Je te l'ai dit, je suis ici pour être au calme.

Ioan détaille les cartes postales. Un circuit de fer s'élève au-dessus des collines avec demi-looping, descente tout schuss, remontée vertigineuse, wagonnets capitonnés, familles en chapeau à voilette et canotier. Sur l'une, on voit le tunnel de pierre où s'engouffraient les chariots.

— C'est ton refuge ?

— Exact, quand je dors le train fantôme me frôle les pieds.

Il a vidé la bouteille d'un seul trait. Ioan, qui s'est laissé glisser contre un pin rabougri, a renversé la sienne en douce. C'est le vin du Catalan qu'il lui faudrait, pas cette bière tiédasse. Le jeune homme n'en a pas fini. Il parle sans malice, se dit étudiant dans une faculté française. En flânant dans les ruelles du Barri Gòtic, il a sympathisé avec un brocanteur d'au moins quatre-vingts ans, gamin pendant la guerre civile et fana du passé de Barcelone, qui lui a proposé d'aller fouiller dans les ruines de la Rabassada. Il a besoin de fric, il a pris son sac, des provisions, s'est installé dans le tunnel, armé de son grattoir.

Yeux mi-clos, Ioan filtre son flot de paroles : les collines vierges du début du siècle passé, les investisseurs qui flairent la bonne affaire, le Grand Hôtel aux huit cents couverts, le music-hall, le théâtre et le Palais du rire, les fêtes déguisées, les feux d'artifice. Et puis les années trente où l'Espagne bascule dans la guerre civile et se déchire, la débâcle des républicains, les règlements de comptes dans les salons dévastés.

— Les fortunes d'Europe venaient en grande pompe à la Rabassada, les chauffeurs à casquette galonnée garaient les Bugatti au pied de l'escalier monumental, et soudain en deux ans, pfuitt !, changement de décor, exécutions sommaires et sang sur les lambris !

Il se marre.

— Attendez-moi deux minutes.

Ioan se sent voyeur. Quand ses photos faisaient le tour du monde elles traitaient de rupture, pas de pourrissement.

L'étudiant excité revient avec sa sacoche aux trésors, étale ses reliques arrachées aux gravats. Des jetons en ivoire du casino, un menu de la soirée du 12 octobre 1915 avec orchestre tzigane, un carnet rouge à la tranche jaune fermé par un élastique.

— Et puis ça, c'est moins glamour mais plus cher.

Il aligne deux douilles de fusil avec le sourire de celui qui a gagné la chasse aux trésors.

— Je les ai astiquées, je crois qu'elles viennent d'un fusil tchèque. Vásquez m'a dit que la Rabassada était le lieu des règlements de comptes entre groupes révolutionnaires, les combattants y étaient jugés, certains se disaient innocents, d'autres étaient de vrais traîtres, mais tous avaient un bandeau sur les yeux. Ceux qui tentaient de fuir étaient abattus comme des lapins par leurs frères d'armes.

Ioan, de plus en plus mal à l'aise, pousse un soupir appuyé. L'autre, se croyant encouragé, continue.

— À la fac on m'a parlé des Brigades internationales. Un sacré panier de crabes ! Allez vous y retrouver entre communistes, staliniens, anarchistes, poumistes et trotskistes, surtout que chacun se voulait plus rouge que les autres !

Il dépose une douille sur un mouchoir, poursuit.

— Par exemple, la balle sortie de celle-ci, bien malin qui peut dire qui l'a tirée et sur quel combattant. Complice des fascistes, républicain ? Héros, fuyard ? Surtout que les amis d'un jour se trahissaient le lendemain. Il paraît qu'en Espagne l'insulte suprême reste le mot « *traidor* » !

Le soleil bascule derrière le pic Tibidabo, libère des bouffées d'air frais. Ioan se penche vers le jeune homme et demande brusquement.

— Combien tu en veux ?

— De quoi vous parlez ?

— De la douille, là. Cent euros !

Pas une question, un troc à sens unique, une évidence. L'étui de cuivre est déjà dans sa poche et les billets sur le mouchoir. Avant que l'étudiant ne réagisse, il se perd dans le lacis de buissons, disparaît.

— Dites donc, hurle le jeune, je savais bien que vous n'étiez pas net !

Pas de réponse, des pas s'éloignent du côté des pergolas. Le gars s'époumone une dernière fois en brandissant sa griffe.

— T'es qu'un tocard de merde ! N'importe comment, tu t'es fait rouler, tu pourras pas la refourguer au-dessus de cinquante euros cette putain de douille !

Et il balance sa canette de bière contre un mur.

Dans le lointain, le moteur du pick-up rugit.

La voiture de Ioan s'est arrachée de la plate-forme de béton, pneus hurlants. Réponse de rage au jeune qui ne s'intéresse au passé que pour en tirer des reliques et n'accorde de l'importance qu'à ce qu'il peut voir, toucher, marchander. S'est-il hissé au moins une fois au sommet des toitures défoncées pour avoir une vue d'ensemble ou se contente-t-il de gratter les ruines de la Rabassada, tête baissée comme un détrousseur de cadavres ? S'est-il intéressé ne serait-ce qu'un instant à ceux dont le sang a rougi le sol de sa cache ?

Une dizaine de virages serrés, la route se redresse, se perd dans la forêt. Dans un tournant, l'amorce d'une coupe de bois. Il patine dans un chemin à ornières, recule, installe l'arrière de l'auto contre une pile de troncs fraîchement coupés.

Sans attendre il tire un couteau de la boîte à gants, débouche la bouteille du Catalan. Gobelet à la main, perché sur une grume, il s'imprègne de la clairière. La résine des arbres éveille ses sens, sous la langue il fait aller le vin fruité, lui trouve un goût sans pareil. Les yeux d'un animal sur le chemin, juste un éclair. Un renard ? Il pourrait se croire dans les forêts cévenoles, mais il a beau prendre de la hauteur, tournicoter, rester à la lisière, ruser, s'enfoncer dans les ruines ou les bois, Barcelone le piège. Cette ville ne le lâchera que lorsqu'il aura mis la main sur ce qu'il est venu chercher, Valentin, le fils de Simon. Mais quelque chose d'imprévu est venu se greffer à son aventure, un souvenir flou et douloureux qui comme la douille au fond de sa poche imprime un sceau brûlant au plus près de sa peau.

Il prend raisin et fromage dans la cabine, s'en retourne sur son perchoir. Dans un désert de sable il se débrouillerait pour trouver un rocher et s'y jucher.

Le vin est sans tanin mais il doit titrer ses quatorze degrés et Ioan s'en méfie. À la mort de Simon, il s'est assommé de whisky, mais il n'y a pas eu de suite, l'alcool le laisse tranquille. Au deuxième gobelet il se demande ce qui dans l'attitude de l'étudiant l'a mis en colère. Pas les objets qu'il vole à la mémoire du site, plutôt sa façon de vivre les événements, sans recul. Il passe les mains sur l'écorce d'un tronc, en retire une boule de résine qu'il malaxe longuement pour se calmer. Après tout l'étudiant n'est guère plus âgé que Valentin, c'est peut-être cette génération dont il connaît peu de chose qui est inconséquente.

Ioan ne s'est jamais vraiment interrogé sur son âge. Il se situe dans un créneau flou. Il ramène dans son lit des femmes parfois jeunes, soulève sans mal de lourdes pierres d'angle, et si les ans ont creusé ses traits, son sourire les adoucit. C'est le poids du vécu et les cicatrices de la vie qui font courber l'échine, pas le cumul des années. Quel âge avaient les combattants que l'on traînait à la Rabassada, vingt ans, soixante ? Qui s'arrogeait le droit de les tuer ? Au nom de quoi ? Qu'importe après tout, les années qui passent emportent les justes et les traîtres dans la même fosse commune du temps. Au bout du compte ils sont tous perdants. Il ricane de sa métaphysique de bazar et son rire lui revient haché, amer. Il balance le reste de vin en gueulant « Au bel âge de la mort ! », puis ajoute dans un hoquet adressé aux arbres qui ne le contredisent pas « À la santé de tous les disparus ! ».

Jusque tard dans la forêt s'élève la voix de Nick Cave à plein volume :

Ô enfants
Aiguisez votre voix
Les nettoyeurs arrivent un par un
Ils mesurent la pièce, ils connaissent la chanson
Ils épongent le sol du boucher
de vos petits cœurs brisés.

Ioan essaie de se rappeler la juste couleur des yeux de Simon, en vain, les souvenirs lui échappent, il s'endort, assommé de fatigue.

Dans la nuit il n'entend pas les coups répétés à la vitre, ni la poignée de la cabine qu'on secoue pour tenter de l'ouvrir.

À son réveil il ne peut manquer le papier plié sous l'essuie-glace. Personne dans la clairière. Il n'aime pas savoir qu'il a été surpris dans son sommeil. Il prend le temps de finir le raisin en marchant dans la fraîcheur acidulée de la forêt. Faut-il lire le message ? Si d'un simple coup de pouce il avait effacé le texto de Laura, il n'en serait pas à squatter une coupe de bois catalane à cinq cents kilomètres de chez lui. Dans un roman dont il a oublié le nom, un homme à la dérive, un peu comme lui, se perd dans les bas-fonds de Barcelone avec une lettre essentielle qu'il vient de recevoir poste restante. Il y jette à peine un coup d'œil, la glisse au fond de sa poche et poursuit son voyage. Un beau geste de liberté qu'il est tentant de reproduire.

Il froisse le papier, l'envoie balader.

Mais il revient sur ses pas, le reprend, le lit.

L'écriture rapide de l'étudiant. Intrigué par la musique qui résonnait jusqu'à la Rabassada il a coupé à travers bois, a débouché sur la clairière :

Nick Cave sur le mont Tibidabo, je n'en reviens pas ! À quand une rave ? Vous avez disparu sans un salut c'est nul, par ailleurs vous m'avez bien fait rire avec le coup du vieux photographe sur l'échelle instable au-dessus des figuiers de Barbarie, on est quittes. Pas tout à fait, je vous rends votre aumône, allez voir à l'arrière du bahut. Autre chose encore, vous n'avez plus l'âge de jouer au trappeur, il y a de bons hôtels à Barcelone, demandez à Vásquez.

Des mots directs, railleurs, dans le style du jeune.

Sur le plateau du pick-up la dette de l'étudiant, une autre douille.

Brusquement il se souvient du livre : *La Marge* de Pieyre de Mandiargues. À la fin de son errance, malgré ses détours l'homme n'échappe pas à la réalité de son destin. Mais Ioan est un trappeur qui flaire les pistes, pas un homme en fuite. La douille rejoint l'autre au fond de sa poche.

Au loin, un tracteur forestier. En contrebas les flonflons du parc d'attractions. La vie de tous les jours.

Il a tenté de contacter l'amie du Catalan. Chaque fois une sonnerie dans le vide comme s'il appelait à l'autre bout du monde. Pas question de redescendre à Barcelone sans point de chute précis. Par une route de traverse il a rejoint la banlieue proche de Horta-Guinardó. Des villas nichées dans une dégringolade de terrasses plein sud, des magasins chics, un cybercafé où il s'est installé pour décoder les sites web des Okupas. Le soir, après un dernier appel déçu, il regagne la coupe de bois. Il a croisé un gars de l'entreprise de bûcheronnage, bonjour au revoir, pas de problème pour stationner sur le chantier.

Troisième après-midi d'attente. Le téléphone reste muet, pas d'annonce, pas de répondeur. Calé contre la vitrine il pianote sans conviction sur un ordinateur. La salle du bar est décorée d'affiches de corridas et de banderilles entrecroisées. Sur une photo colorisée, Ava Gardner fait l'œil de velours au torero Mario Cabré.

Il a relevé toutes les Chloée, Cloé, Kloé de la capitale. Rien de probant. Par contre le Net regorge d'infos sur les Okupas. Can Lluis, La Makabra, Can Ricart dont parlait la fille au bandeau vert, des squats aux projets vagues, vivre autrement, résister, lutter contre le fascisme international. D'autres, Can Masdeu, Le Miramar, Bahia, qui affichent des engagements plus réalistes, cinéma d'auteur, radio libre, crèche autogérée, cantine, arts du cirque. Parfois une injonction sans ambiguïté en tête du site : « *Ni drogas ni alcohol !* » La dérive des Okupas est d'actualité depuis qu'a été fermée Can Tunis, sordide scène à ciel ouvert de la défonce. Les « *yonkis* » se sont éparpillés dans les ruelles interlopes de Barcelone où les truands de tous poils les attendaient de pied ferme. Intimidations, règlements de comptes, morts d'hommes, overdoses et descentes de police. Ioan espère que Valentin ne s'est pas laissé absorber par cette zone.

Il relève quelques adresses, coiffe un casque, se branche sur Radio Bronka dont la musique trash le lasse vite. L'agitation des grands ados rebelles flottant dans les habits trop grands des anarchistes du siècle passé ne le touche guère, ils ne sont pas plus opérationnels dans leur jungle libertaire que lui dans son maquis cévenol. Crier ou se taire, l'époque s'en fout. Au comptoir, un habitué plaisante avec le patron. Au-dessus de leur tête sur l'écran géant de télé, des taureaux attendent dans le corral leur heure de gloire et de mort.

Il sort sa chaise sur le bout de trottoir du cybercafé, cherche à travers les cyprès du premier plan un panorama qui apaiserait son regard. Très loin au cœur de Barcelone, les tours de la Sagrada Família percent le damier des immeubles cossus. Ses yeux s'habituent à la luminosité. Avec les gestes du passé il sort l'appareil photo de son étui, se sert du Canon comme d'une longue-vue, vise la cathédrale. En tendant la main il pourrait toucher la mosaïque des pinacles, les boules à facettes, les médaillons en pointe de diamant, les grappes de fruits, les nœuds de corde de pierre. Vue d'en haut la ville aplatie perd son arrogance, se lit comme une carte. C'est ainsi qu'il a appris à regarder le monde.

Le patron s'approche, lui parle en français. Cambré, le buste moulé dans sa chemise rouge cintrée, il ne lui manque que la montera et la muleta :

— Vous venez de loin ?

— Du mas des Gordes, répond Ioan qui n'a pas atterri.

— Connais pas.

Il insiste.

— Vous pouvez utiliser le téléphone du bar si vous voulez, le vôtre, ça n'a pas l'air d'aller.

— Mon numéro ne répond pas.

— Souvent quand on vient de France on oublie le 93 avant les six chiffres.

Le matador a peut-être raison. Ioan range son appareil, remonte la rue, pousse le portillon d'un square à fontaine où il sera tranquille.

Numéro complet cette fois. À la première sonnerie on décroche. Une voix de femme, étouffée. Il tend l'oreille, salue en castillan mais son accent ne trompe pas.

— Vous êtes français… je vous écoute.

En quelques mots il relate sa rencontre avec le Catalan du nom d'Orwell.

— Se voir, pourquoi ?

Le temps qu'il trouve ses mots, elle a raccroché. Quatre, cinq fois il renouvelle l'appel, la ligne est occupée. Furieux, il gueule dans le square qu'il en a marre, que Valentin n'a qu'à se démerder avec ses potes et sa

Cloé. Le vibreur du téléphone qu'il a gardé en main lui évite de jeter le reste de la famille avec l'eau du bain.

— *¿Oiga, es Ioan ?*

Il reste interdit. La femme qu'il n'attendait plus. Son numéro a dû s'afficher, mais comment sait-elle son nom ?

— Orwell a confirmé ton contact, il t'a fait un cadeau aussi, c'est quoi ?

Il craint tellement qu'elle raccroche qu'il s'entend crier :

— Du vin de Penedés !

— D'accord, excuse ces filtres mais en ce moment, deux précautions valent mieux qu'une. On se voit dans une heure. Parc Güell, au bas de l'escalier après l'entrée, sous la salamandre. Je te reconnaîtrai. Moi c'est Laia.

Sa voix est si faible qu'il craint de ne pas avoir bien compris et il répète dans le square désert « une salamandre, Laia ». Il place son visage sous le jet de la fontaine, rit sous la caresse de l'eau. Le fil qui le relie à son petit-fils n'est pas rompu.

Il court sur le boulevard vers la station Montbau.

Impossible de manquer le parc Güell. Tout ce que Barcelone compte de touristes s'est donné rendez-vous au bas de la carrer d'Olot pour grimper dans la chaleur automnale jusqu'aux fabuleux jardins de Gaudí.

Dans un dégradé de chairs bronzées, la chenille humaine avance en mâchonnant des mots dans toutes les langues. Une telle masse sans identité et sans visage ne dérange pas plus Ioan que le fouillis de chênes verts qui borde le chemin quand il monte aux Gordes.

Il se concentre sur sa rencontre avec Laia. Sûrement un nom de code, comme Orwell. Remuer la fourmilière des squatteurs va l'obliger à partager leur mode de vie, culture du secret, imprécations et poings levés. Laia, il la devine vêtue de noir, dressée sur une barricade de gravats et de planches barrant l'entrée de Can Ricart ou de La Makabra, porte-voix en main, envoyant dire aux Mossos « *Ven aquí si tienes cojones* » comme il l'a lu sur un site des Okupas.

Passé le mur d'enceinte il se retrouve à piétiner entre deux pavillons aux toits crénelés coiffés de champignons de céramique piquetés de rouge vif et de vert pomme. Fasciné par les vagues de mosaïque qui ruissellent des faîtes aux fondations il fait trois pas de côté, s'isole, caresse le damier torsadé gris clair et bleu de l'encadrement d'une fenêtre. Ses mains suivent l'agencement dissymétrique des tessons, éprouvent le patiné du vernis. Il ferme les yeux.

La foule s'engloutit sans un cri dans la faille qu'il ouvre devant elle. Seul au monde, il fait alterner sous ses doigts les carreaux chromatiques de Gaudí avec le feuilleté du schiste cévenol, les éclats de céramique avec les paillettes de mica des murets du mas, les raccords de faïence avec l'alternance des granits à cristaux qui étayent les faïsses. Il est en terre connue, son vieux voisin va l'appeler pour qu'il le rejoigne sous la treille de la terrasse. Il appuie sa joue contre les incrustations tièdes, écoute l'infime craquellement de la céramique sous les rayons obliques du soleil.

— *¿Que le pasa ? ¿Està enfermo ?*

Ioan sursaute, s'arrache du mur, rassure l'inconnu, non non, il n'est pas malade.

Porté par la multitude il se retrouve sans l'avoir cherché au pied du double escalier monumental qui encadre une imposante salamandre polychrome. Effectivement, pour l'incognito d'un rendez-vous il n'y a pas mieux que ce gros lézard fontaine cerné par une haie d'appareils numériques. Ce soir mille touristes dans mille chambres d'hôtel regarderont mille salamandres sur leurs écrans.

Une demi-heure qu'il va, vient, écrase des pieds, reçoit des coups de coude. Le contact n'aura pas lieu.

Alors qu'il fait demi-tour quelqu'un touche son bras, insiste, le tire vers le bas. Une femme en fauteuil roulant, couverture en patchwork sur les genoux, enserre fermement son poignet. Il cherche quelques euros pour s'en débarrasser, pose son sac au sol.

— Garde tes sous Ioan et ramasse tes affaires.

Une voix presque inaudible.

— La visite est interrompue, je te raconterai la suite si tu le veux. Pousse ma berline, je suis Laia.

Il a l'air tellement éberlué qu'elle lâche un rire cassé. Pas de doute, c'est bien la femme du téléphone.

— Tu sors du parc, tu longes le mur, tu tournes à gauche et au bout de la rue, dernière villa, le rez-de-jardin c'est chez moi.

Elle retire son châle à grosses fleurs qui lui donnait l'air d'une immigrée bosniaque, secoue sa longue chevelure noire et le remercie de la tête. Son sourire donne à son visage un étrange rictus.

Un portail bas, une courette de dalles blanches agrémentée de plantes grasses réparties en rayons autour d'un cactus arborescent. Au fond une terrasse couverte d'un auvent bleu, cuisine de plein air où ils s'installent.

Elle cherche tout de suite à comprendre ce qui le pousse à s'intéresser aux Okupas. Par bribes il lâche quelques informations, l'air ailleurs pour se dédouaner de trop d'intimité. Valentin, un grand enfant orphelin de père, en fugue avec une copine dans les squats de Barcelone. Il fait l'impasse sur les liens de parenté. Dire sans dire, tout un art.

Elle manœuvre son fauteuil, sort des jus de fruits du frigo, de temps à autre s'arrête pour le regarder fixement comme si de voir sa bouche était essentiel. Entend-elle correctement ? Il hausse le ton. Elle finit de remplir les verres, esquisse une grimace du côté droit, murmure.

— Deux choses Ioan. Pas la peine de crier, mes

oreilles c'est ce qui marche le mieux. Et aussi, adresse-toi vraiment à moi, tu ne m'as pas regardée une seule fois en face.

Il se met à détester sur-le-champ cette femme de son âge qui lui fait la leçon. Elle ne sait rien de lui, rien de sa vie passée à organiser un monde sans regard. Les fesses sur le bord de la chaise, il s'apprête à partir.

— Comme tu veux, dit-elle avant de s'évader dans la contemplation de ses cactus.

C'est à cet instant, le soleil bascule derrière la terrasse, qu'il décèle la tache granuleuse qui mange la moitié gauche de son visage. Cette fois elle capte son regard.

— Paralysie faciale. Quelques cordes vocales touchées aussi. Ajoute les hanches et les jambes, bientôt je serai aussi figée que la salamandre.

Elle montre le plaid bariolé sur ses genoux.

— Je travaille à ma prochaine mue, chaque pièce de coton est un bout de peau du gros lézard. Gaudí n'y trouverait rien à redire, je passe un temps fou à assembler l'azur et le marine de ses bleus, le turquoise et l'émeraude de ses verts, la palette de ses ocres.

Sa voix se brise comme si sa gorge était de faïence fêlée. Ioan n'a pas bougé, sidéré par cette pasionaria qui liste les teintes du maître de la céramique avec une délicatesse de coloriste. À présent il devine ses paupières lourdes, asymétriques, à demi baissées sur des yeux ronds comme des billes de malachite.

— Mes membres de saurien ont besoin de chaleur, amène-moi dans le jardin.

Elle maquille à peine les faiblesses de son corps, ne cache ni ses blessures ni sa douleur. Sa façon directe de se présenter trouble Ioan habitué à se tenir en retrait dans le royaume des non-dits.

Il la conduit jusqu'aux plates-bandes, s'accroupit à ses côtés. Visages à la même hauteur il se sent en confiance, en dit un peu plus :

— Je ne sais pas ce que Valentin est venu chercher à Barcelone, je manque de points de chute, tu peux sans doute m'aider.

— Tu as évoqué une fille tout à l'heure.

— Cloé, il allait la rejoindre, je n'en sais pas plus.

— Le nom d'une rue, d'un squat ?

— Villa Usurpa, mais Orwell m'a expliqué.

— Tu es tombé sur un bon gars, il n'y a pas plus généreux. Pour un coup de main tu peux compter sur lui, moi c'est plutôt la tête, enfin une demi-tête à présent. Et demain, qui sait ?

Elle reprend à nouveau : « *I demà, qui sap ?* »

Un silence plane.

D'un tour de roue Laia se rapproche d'une allée de cactus en ligne hérissés de boules blanchâtres comme des gâteaux enfarinés.

— Des Blossfeldia, cadeaux d'un Chilien. Ils ont mis du temps à s'acclimater. Le tout petit a l'air de rien, un Copiapoa, mais dans cinquante ans ce sera un buisson. Chaque matin je guette leurs floraisons, c'est la nuit que les fleurs viennent chez les cactus, beau symbole.

— Sur la vitrine du bar du Catalan, la frise de cactus, c'est toi ?

— Quand tu le veux tu as des yeux pour voir !

Un petit rire ébréché, amical, elle poursuit.

— À propos de cette fille, rappelle-toi du couple romantique de Daphnis et Chloé, les pastoureaux, faut peut-être pas chercher plus loin, ton Valentin est amoureux. Tu es sûr que tu dois le récupérer ?

— Mais il n'a pas dix-sept ans !

— Si tu veux comprendre quelque chose aux Okupas, laisse tomber ce genre de réflexion.

Elle soupire, manœuvre en douceur, gagne la grande pièce ouverte sur la terrasse, s'installe à l'ordinateur.

Assis sur une chaise paillée, Ioan détaille les murs. Des affiches militantes, loups qui hurlent, cisailles entre-croisées, un poster de Louise Michel, des coupures de presse punaisées, une photo où Laia, rayonnante, ardente, robe catalane et cheveux au vent, brandit une pancarte « *Aturem la guerra* ».

— Arrêter la guerre, traduit-il tout haut.

Elle répond, penchée sur l'écran.

— Contre l'envoi du contingent espagnol en Irak. À cette époque, j'étais encore debout.

Il n'ose poursuivre, elle prend les devants.

— Je n'ai pas renoncé, mieux même, je place mon fauteuil en tête des manifs, les Mossos n'osent pas tabasser la première ligne.

Il voudrait qu'elle sache que lui aussi a eu son temps de gloire sur les champs de ruines du monde entier, que la disparition de son fils lui a coupé les ailes, qu'il a détourné ce qui lui restait d'énergie pour hisser des pierres au sommet de murets improbables, que c'est sa façon à lui de survivre, même s'il ne sait plus vraiment pourquoi et pour qui. Et surtout lui dire qu'aujourd'hui il la trouve magnifique, drapée dans un étendard aux couleurs de Gaudí. Mais les émotions bridées depuis si longtemps au fond de sa gorge ne passent pas la barrière de ses lèvres. Ne lui viennent que des mots plombés, maladroits.

— Tu es l'icône des Okupas !

En un quart de tour elle est devant lui, fauteuil contre chaise. Salamandre de feu. Sa voix tremble.

— Tu dis n'importe quoi, ni icône ni sainte, des femmes et des hommes qui se soutiennent, luttent ensemble, à égalité. Chez nous, *un que cau, un que s'eleva*, un qui tombe, un qui se lève.

Elle retourne à sa table, furieuse, trace quelques lignes sur une feuille, la lui tend à contrecœur.

— L'adresse du Centre social Okupa, proche de l'Ateneu Popular Nou Barris. Métro Trinitat Nova. Ce lieu symbole a résisté aux ans, ton gars y a peut-être fait un passage.

— Excuse-moi, je suis maladroit.

— Pas maladroit, rugueux. Un homme de pierre froide.

Sans un mot de plus elle roule vers un coffre à tiroirs, enclenche un CD, gagne l'auvent de toile qui bat sous la brise du soir. La musique est ample, lyrique, d'un autre siècle, à mille lieues des chants de combat ou de révolte. Des cascades de clarinettes, de cordes, de cuivres, de voix aériennes. Dix longues minutes puis tout s'arrête. Au loin la rumeur basse et sourde de la ville reprend.

Dans la pénombre la femme chuchote à travers le seuil.

— Ravel l'a composée pour les Ballets russes de Diaghilev. Un décor de prairie avec moutons et jeunes filles aux paniers fleuris, et au milieu, Nijinski. Pour le final, d'un saut fabuleux il s'arrache à la pesanteur, survole la scène, prend appui sur l'autel des nymphes, disparaît dans les coulisses sur un fond d'aube rose. Le danseur est étoile. Un bonheur total. Chaque soir j'écoute ce morceau, clouée dans mon fauteuil, et je rêve de légèreté.

Ioan la rejoint. La tension est retombée.

Il s'approche, ose dire.

— Deux magnifiques métamorphoses, pour Nijinski le don et la grâce, pour toi la volonté et l'espérance.

Le frôlement de la main de Laia sur son bras comme un remerciement.

— Le chœur et l'orchestre chantent l'amour du berger Daphnis pour sa belle Chloé, enlevée et retrouvée. Bonne chance pour tes enfants perdus, mon ami, *bona sort*.

Ses mots d'amitié desserrent le cœur de Ioan, il s'entend crier.

— Valentin c'est mon petit-fils! Orphelin de son père, mon fils à moi!

L'aveu de filiation lui assèche la gorge.

L'émotion inattendue de l'homme bouscule à son tour Laia. Elle cherche un terrain neutre, dévide des phrases de moindre importance:

— Dans l'ancienne usine d'asphalte de l'Ateneu Popular dont je t'ai donné l'adresse, on vit à cent à l'heure. Musique, théâtre de rue, cinéma, école du cirque. La municipalité tolère. Quand tu es jeune et que tu débarques à Barcelone, tu y passes tôt ou tard. Vas-y faire un tour mais fais-toi discret, être grand-père n'est pas le passeport idéal pour délier les langues. Deux pères d'un coup, ça fait beaucoup d'ascendants pour des gamins en rupture de famille.

Ioan fourre le papier dans sa poche, amorce quelques pas sous la tonnelle, retarde le moment de prendre congé. Laia s'est éclipsée, sans doute déjà à tutoyer les réseaux sociaux.

De loin il lui raconte ses premiers pas à Barcelone, ses doutes, la Rabassada, son refuge dans les bois sur les hauteurs de la ville, l'impression d'être cerné par des fantômes, de marcher à reculons alors qu'il veut aller de l'avant.

— Demain à la première heure j'irai dans ce squat et quand j'aurai mis la main sur Valentin nous viendrons te saluer et…

Une porte claque à l'arrière de la villa. Laia avait changé de pièce. Il s'est confié au vent.

Les grilles du parc Güell sont closes, les trottoirs de la rue en pente envahis de tablées bruyantes. Il glisse à travers la foule sans la voir, s'engouffre dans le métro.

Le chemin de la clairière est barré par une tracto-pelle. Contrarié, Ioan renonce, mais pas question de replonger dans les souvenirs équivoques de la Rabassada. Il repart dans la nuit sombre. Il aimerait se laver, se raser. Dans le reflet d'une vitrine, avec ses joues grises, il s'est trouvé une gueule de grand-père.

Dans les phares une pancarte « Torre de la Vilana ». Après quelques kilomètres sur une route déserte, il déchante. La tour promise est une gigantesque colonne de béton prolongée d'un mât métallique, ancrée au sol par des haubans d'acier. Comme dortoir il y a mieux. Demi-tour.

Un peu plus bas dans la forêt du Tibidabo à quelques encablures de la Rabassada, il s'installe sur un accotement en bord de route et déballe ses dernières provisions.

Quand d'un revers de main il s'essuie distraitement la bouche, Justin s'invite à ses côtés avec un réalisme qui le fait sursauter. De sa voix de prêcheur il se moque de cette Catalogne de curés où personne ne porte au cou la croix des parpaillots :

«Il n'y a rien de bon pour toi là-bas, petit, reviens.»

Ioan hoche la tête, lève la bouteille à la santé de son ami.

L'amitié! À la disparition de Simon, il a jeté avec rage le mot au fond d'un puits de cailloux, pensant qu'un cœur sec résisterait mieux à la désespérance. La solitude du mas l'a aidé à se maintenir dans cette zone aride, mais ici on ignore son histoire. Le Catalan lui a donné du «*meu amic*» et Laia en lui souhaitant bonne chance l'a appelé aussi «mon ami». La prédiction du vieil homme, «maintenant que tu connais la fissure elle ne te laissera plus en paix», n'était peut-être pas une menace, simplement l'annonce que sa vie ne serait jamais plus comme avant. Il s'y connaît en paraboles à double sens, le bougre.

Tout autour, le silence des bois. Il occulte les vitres avec des couvertures, se prépare à une nuit calme. C'est l'heure où les noctambules envahissent les places et les bodegas. Sur le trottoir de la carrer D'en Robador le Catalan rameute ses potes, débouche des bouteilles. Entouré de chats noirs en colère, majeur dressé vers le ciel, il conchie l'État et les Mossos.

Allongé sur la banquette, cigarette aux lèvres, Ioan se laisse aller, ferme les yeux. Il vit hors circuit, dans la marge, comme Valentin. La meilleure façon de le rencontrer. Demain sûrement.

Derrière ses paupières se glisse une salamandre miniature comme celles des magasins de bibelots du parc Güell. Le petit monstre sourit de ses dents de porcelaine, s'étire, prend forme humaine, se couvre de longs cheveux noirs qui se transforment à leur tour en turban bleu sur un visage aux yeux verts. Il se réveille en nage, libère une fenêtre, aspire l'air de la nuit alors que l'image de Gina se dilue dans le fond noir des sapins.

Depuis son départ, son passé fait surface. Dans un coin de sa mémoire, veille encore la Gina d'autrefois.

Elle était là quand Simon, tout nouveau papa, est venu lui présenter Valentin pas plus grand qu'une crevette et tout aussi rose. Le jardin de Touraine resplendissait sous une avalanche de glycines et de clématites, il faisait une chaleur du Sud et un chapeau de paille à ruban la protégeait du soleil. Elle a soulevé le nourrisson, l'a bercé. La seule fois où il l'a vue avec un bébé dans les bras c'était ce jour-là, et c'était Valentin. Ils s'aimaient. Quand il a démissionné de l'agence elle s'est tenue à ses côtés, est restée dans les parages du mas, mais il était replié sur sa douleur, emporté par son obstination à agencer des pierres comme s'il voulait faire des Cévennes un gigantesque mausolée. Elle parlait de leur amour vivant, il n'avait de cœur que pour son fils mort. Ils s'affrontèrent, Gina quitta la région. L'autre jour au bal il a été un lamentable beau parleur de la Saint-Jean. Avant, ils valsaient sur cet air à trois temps dans la maison qui surplombait la Loire, enlacés, insouciants.

La sueur s'insinue sous sa chemise, il s'en va derrière le véhicule avec un jerrycan d'eau, se déshabille, s'asperge des pieds à la tête, espérant que la fraîcheur de la douche emporte ces images.

Le flash de la lampe torche qui le cloue, nu et dégoulinant à l'orée du bois, le calme instantanément. Un chien gronde.

— Baissez la torche, merde ! gueule-t-il en français.

— *Si. ¡Te vistes !*

Il reprend ses vêtements, distingue deux ombres en uniforme, demande en castillan ce qui se passe.

Le chien s'en va renifler le pick-up, fourre son museau dans la cabine.

— Brigade volante. Les stups. On vous suit depuis la Torre. Vous attendez quelqu'un ?

Il s'explique en enfilant son pantalon. Seulement un endroit pour se reposer, il voudrait qu'on lui foute la paix, surtout quand il est à poil.

— C'est OK, dit le plus grand en revenant avec la bouteille vide, c'est tout ce que j'ai trouvé.

L'autre rigole, sa bedaine tressaute.

— Un penedés, bravo ! Connaisseur !

— Cadeau d'un ami catalan.

— *Llavors, un veritable amic !*

L'atmosphère se détend. Il peut rester stationner où il est. Au moment de partir, le premier ouvre sa main.

— Si vous trouvez l'arme qui a tiré cette douille, c'est une bonne prise, il y a des collectionneurs pour ça.

Elle a dû tomber de sa poche quand il s'est déshabillé.

L'autre douanier, plus âgé, l'examine. Il a l'air de s'y connaître.

— Mauser K98, un fusil allemand qui tirait cinq balles de calibre 7,92 avec un recul terrible. Mon père m'a appris les armes. J'étais gamin, il m'amenait sur les anciens charniers de la Rabassada, c'est un peu plus bas. En 37, il se battait au cœur de Barcelone quand on l'avait traîné de force dans le parc de l'hôtel pour le fusiller. À la fin de sa vie où il aurait pu me dire comment il avait sauvé sa peau, le pauvre vieux radotait, il mélangeait tout, insultait les *nacionalistas* et crachait sur les *rojos*. Il faut dire que les combattants s'affrontaient avec les mêmes armes, les Allemands fournissaient les nationalistes en Mauser, les Russes et les Mexicains achetaient en douce les mêmes fusils pour les refiler aux républicains. Putain de guerre !

— Votre père ?

La voix voilée de Ioan. C'est tout ce qu'il arrive à prononcer.

Nacionalistas, *rojos*, ces mots lui reviennent en boomerang de si loin et avec tant de force qu'il doit s'appuyer au véhicule pour garder l'équilibre.

— Hé, ça n'a pas l'air d'aller, faut vous reposer. Trop de penedés, hein ?

La forêt résonne de leurs rires. Le chien renifleur fait la fête et aboie. Une dernière apostrophe en duo.

— On y aurait bien goûté ! La prochaine fois, dites à votre ami catalan que les bouteilles ça va par deux !

— Comme nous !

Ils s'éloignent en se tapant dans le dos, hilares. Ils doivent fumer l'herbe qu'ils saisissent aux junkies. Leur voiture démarre.

Comme si une armée de miliciens était à ses trousses, Ioan saute dans le pick-up. Repoussant ses craintes, il fonce vers la Rabassada.

Il retrouve la plate-forme de béton, le chemin des broussailles, les rails dressés vers le ciel, ce qui reste de la gloriette, les escaliers à glycine, la haie de figuiers de Barbarie. Il crie les mains en porte-voix, lance des pierres par-dessus les cactus. Une chouette débouche du tunnel dans une vapeur beige, puis à nouveau le silence de la nuit des maquis. L'étudiant est parti négocier son butin.

Sur le chemin du retour, il trébuche. La fatigue. Tant de gens déboulent dans sa vie sans y être invités. Valentin agit comme un leurre, plus il s'en approche, plus des inconnus sortent de l'ombre. L'équation du départ, partir seul revenir à deux, s'avère autrement complexe. Et l'autre énervé en uniforme qui en ajoute une couche et en appelle à la mémoire des pères.

Le sien ne l'a jamais emmené sur ses lieux de combats. Ni sur ceux de plaisir d'ailleurs.

Quand ses copains lui racontaient leur dimanche après-midi à la foire avec leur père, les manèges à pompons, les balançoires touchant le ciel, les autos tampons et ces fabuleuses pommes d'api au sucre rouge qu'il n'avait jamais goûtées, il faisait semblant de s'en moquer. Le sien avait disparu quelques années après sa naissance quand sa mère avait découvert, dans une immense douleur, son passé trouble à Barcelone. Mais de cela le petit Ioan ne savait rien. Son père était un héros absent, occupé à chasser les loups dans les steppes de l'Est, coiffé d'un bonnet en fourrure de renard bleu. Autre chose que le tir à la carabine à air comprimé et les peluches ridicules que ses copains agitaient sous son nez. Cette saloperie de désert blanc qui gardait prisonniers les pères aventureux, lui disait sa mère pour tenter d'expliquer son absence et garder un reste de dignité.

Il laisse le pick-up garé sur la plate-forme cernée de broussailles, délaisse la cabine étouffante, s'installe à l'arrière. Il s'oblige à garder les yeux ouverts, s'il s'endormait les pères fantômes seraient capables de débarquer à la Rabassada avec leurs habits d'opérette. Mais son imagination prend le dessus, des cris montent du parc de l'hôtel en ruine, des appels inquiets « ¿quien anda ahí? », des chants catalans « ¡es la luta darrera! », le claquement sec de la culasse des Mauser, les douilles éjectées comme des frelons d'or, des insultes « ¡cabron ! ¡traidor !», des mots si obscènes, si honteux, que dans sa famille on lui en a imposé l'oubli.

Son père, il n'a jamais eu le loisir de le regarder très longtemps en face, même en photo, alors qu'on lui fiche la paix avec son regard qui se détourne. Les yeux dans les yeux, c'est bon pour ceux qui ont sauté sur les genoux paternels, les autres ils s'arrangent comme ils peuvent avec leur ligne de fuite. Il réchauffe l'étui de cuivre du bout des doigts et murmure «putain de brèche».

Il ne dormira pas, tiendra jusqu'à l'aube. Pour s'encourager il fredonne : «Le vent chaud caressait nos visages, l'amour nous jetait des étoiles au passage, Barcelone.» D'où vient cette chanson ? Vite trouvé, Boris Vian. Un fou rire le secoue. Dérision ! Ce n'est pas avec des airs de piano bastringue du siècle dernier qu'il va attraper son petit-fils branché sur Radio Bronka.

Il change de tactique pour rester éveillé, entreprend de compter les étoiles plus nombreuses au-dessus de sa tête que les moutons du troupeau de la belle Chloé. À la centième il murmure «Valentin, demain tu tomberas dans mes bras», et il s'envole vers le territoire des éternels orphelins.

La sortie du métro Trinitat Nova s'ouvre sur des rues pentues doublées d'escaliers qui convergent vers une avenue en courbe. Les façades grises des immeubles bourgeois alternent avec le linge aux fenêtres des habitations collectives. Le quartier Nou Barris somnole encore. Deux ou trois familles à poussette, quelques jeunes sportifs à la peau mate sur le chemin du stade, un épicier mexicain qui installe son étal de piments et de légumes.

Ioan soupèse des oignons violets, plonge la main dans un sac de haricots rouges, les laisse s'écouler entre ses doigts.

— *¿Desea fríjoles ?*

Il ne manque qu'un sombrero au patron basané les mains sur les hanches qui l'apostrophe au seuil de sa boutique. Ioan lui dit qu'ils sont vraiment jolis mais qu'il préférerait de la tequila. Le Mexicain revient avec un lot de bouteilles, lui laisse choisir une flasque de Herradura à la robe cuivrée.

Son « *bion démanché* » plein de bonne volonté lui rappelle que c'est jour de repos dominical.

Alors qu'il ne saurait dire précisément depuis combien de temps il a quitté le mas, lui revient la date exacte où il s'est rendu à Mexico, le 19 décembre 1985, trois mois après le gigantesque séisme qui avait secoué la ville. Le Cabinet national de reconstruction avait fait évacuer les derniers rescapés du quartier détruit de Tlatelolco. Arpentant les décombres avec son matériel de relevé, il avait découvert une plaque de bronze où demeuraient lisibles les mots célébrant la mémoire des Aztèques exterminés en ces lieux il y avait cinq cents ans par les troupes espagnoles de Cortés. Puis à peine plus loin, l'éclair bleuté d'une pancarte émaillée sauvée des gravats lui avait appris qu'en octobre 1968, quelques jours avant l'ouverture des jeux Olympiques, l'armée mexicaine avait ouvert le feu et tué par centaines des étudiants manifestant sur cette même place centrale de Tlatelolco. Il était revenu le lendemain avec un objectif grand angle pour essayer de capter sur un seul cliché les témoignages de ces deux massacres réunis à travers les siècles par la colère du séisme. Fait-il autre chose à Barcelone que d'essayer de court-circuiter à nouveau le présent et le passé, fait-il autre chose que de jongler avec l'oubli et la continuité ? Perdu dans ses pensées, il arrive au bas du boulevard, serrant dans ses mains la bouteille de tequila comme une boule de verre qui ferait neiger les souvenirs quand on la secoue.

« *Guten Tag, kann man Getränk teilen ?* »
Il doit faire une drôle de tête parce que le jeune couple éclate de rire en montrant sa flasque d'alcool mexicain. Il comprend, tend la bouteille.
Les Allemands qui n'en reviennent pas de tant de générosité boivent sec au goulot et le remercient en espa-

gnol avec un fort accent du Bade-Wurtemberg. Ils ont la même coupe de cheveux, au plus ras, des piercings à tout ce qui dépasse de leurs belles gueules. Elle porte une besace molle en travers de sa chemisette rayée style sauterelle, lui un tricot noir de lutteur et un short en jean. Ils lui expliquent que le dimanche le chapiteau est à peu près désert, que le resto alternatif ouvre dans une heure et qu'ils s'en vont rejoindre des potes à La Rimaïa qui organisent des séances d'autodéfense. Un bon quart d'heure pour se faire comprendre. Un dernier sourire et « ¡hasta la próxima ! ».

Des doux, tendance arts de la rue, rien à voir avec les rebelles anars de Can Lluis qui font le coup de poing avec les Mossos. Laia a voulu qu'il commence léger avant de plonger chez les ultras. Qu'a-t-elle appris sur Cloé et Valentin, sont-ils dans le plaisir, l'affrontement, la fuite, la destruction ?

De l'avenue on aperçoit l'immense toile rouge rayée de bandes blanches ancrée à l'extrémité d'une esplanade toute en longueur.

Ioan s'approche, cherche à comprendre le fonctionnement des lieux, jette un œil par le sas d'entrée du chapiteau. Un gars trapu maintient un trépied métallique où une fille en body pailleté s'entraîne à l'équilibre sur les mains, une autre travaille des figures au sol, sur le bord de la piste deux très jeunes acrobates s'enroulent à une barre verticale, corps de serpent qui s'allongent et se plient. De temps à autre leurs copains les encouragent de la voix. Rien de plus qu'une école du cirque dans une banlieue de Barcelone un jour férié.

Il enjambe câbles et haubans, se glisse derrière le chapiteau. Contre un talus de terre rougeâtre cinq caravanes peinturlurées stationnent en quinconce, rideaux à fleurs tirés. Au centre, le minimum de survie pour baladins squatteurs, tréteaux, chaises, canapés défoncés, parasols, Butagaz et casseroles. Les chiens font la grasse matinée avec leurs maîtres. Dans une roulotte calée sur des parpaings on soupire d'amour. Il espère que Cloé apprend à Valentin les figures du trapèze en double.

Le resto vient d'ouvrir, un entrepôt de l'ancienne usine, aux murs couverts d'affichettes. Un chevelu à catogan lui sert une boisson équitable avec des *bocadillos* végétariens et retourne régler Radio Kaos qui grésille du hard punk.

Sur le muret de l'esplanade où il s'installe, sa main s'attarde au granulé des pierres, suit les interstices. Vieille habitude. À quelques pas de là un groupe de jeunes s'abat sur le sol comme une volée de moineaux. Ils parlent vite, rigolent, tapent leurs mains avec de perçants « ¡vale ! ». Il est question de chaînes de vélo, de roues voilées, de matos à récupérer. Ils iront plus tard afficher les heures d'ouverture d'un atelier de réparation de bicyclettes qui trouvera sa place au côté des espaces jardinage, cours de pisciculture écologique, rencontres anticarcérales, dont Ioan a repéré les tracts. Il s'étonne de ne pas être agacé par ce brassage communautaire, lui qui a envoyé balader il y a peu des étudiants qui s'étaient enhardis à monter jusqu'au mas pour placer les billets de tombola d'une association humanitaire. Dans l'air du matin la légèreté côtoie la gravité. Ils s'emballent pour un rien, des yeux rieurs peuvent se plisser en une seconde, les muscles d'un visage frémir sous la piqûre d'une émotion. Une longue fille brune n'arrête pas de se lever, d'argumenter, de se rasseoir, et ils restent soudés par une force mystérieuse qui fascine Ioan.

Une autre génération, d'autres façons d'être. Ici les paraboles de Justin se conjuguent en tags, les descendants des camisards sont tatoués jusqu'au nombril, les fous de Dieu des Cévennes sont indignés. La jeune femme peinte en rouge et noir sur la porte du resto, poing levé et porte-voix en main, est la petite sœur de Marie Durand, emprisonnée à vie à Aigues-Mortes pour avoir refusé au temps des dragonnades d'abjurer sa religion hérétique. Le berger qui lui a raconté tant de fois l'épopée de cette femme taillée dans le bloc de la foi protestante comprendrait-il que la relève existe en terre catholique, admettrait-il que des jeunes en colère aient la même détermination tenace que ceux qui portaient la colombe de l'Esprit ?

Une jeune fille, livre cartonné à la main, robe fleurie, se pose à ses côtés. Il se pousse légèrement, fesses au bord du mur. La fille évanescente montre ostensiblement qu'elle annote un scénario d'Almodóvar, en rajoute, elle doit le prendre pour un réalisateur à la dégaine sauvage. Il la regarde de biais, verre à la main, elle l'interpelle dans un demi-sourire.

— Tu es Ioan n'est-ce pas ? Tout à fait l'homme que m'a décrit Laia. Surtout ta façon de te tenir en position instable. Je m'appelle Gloria.

— Je suis bien Ioan si c'est ce que tu veux savoir.

— C'est vrai, je n'attends jamais les réponses à mes premières questions. Mauvaise dans les impros, dit mon prof.

— Ton prof ?

— Je suis les cours de l'Escola Superior d'Art Dra-

matic dans le quartier Raval, section *actor i comediant.*
Ici à Nou Barris je viens rarement.

— Pourquoi aujourd'hui ?

— Pour te rencontrer.

Elle range son livre.

— Quand j'établis un contact pour Laia, je m'amuse
à tester un nouveau look, ça me prépare pour mes audi-
tions. Pour toi j'ai hésité, l'éthérée des années cinquante
ou les socquettes blanches de Lolita. J'ai bien fait de laisser tomber la gamine.

Pas d'intonation spéciale pour la dernière phrase.
Elle poursuit.

— Tu cherches Cloé ?

L'info qu'un Français rôde autour des Okupas doit
circuler dans tous les tuyaux underground de Barcelone.

— Le gars que connaît Cloé plutôt, Valentin, son
petit ami.

Il a dû appuyer sans s'en apercevoir sur la touche rire.
Gloria saute au sol, visage radieux.

— Qui t'a dit ça ?

— Sa mère.

— Les vieux, dès qu'ils voient un gars et une fille
ils les marient ! Cloé, elle a une copine de cœur avec de
grands yeux d'amour encore plus clairs que les miens,
alors laisse tomber le couple mixte.

Elle s'approche. La peau de ses bras est fine, dia-
phane, elle doit passer son temps dans les salles de ciné
à l'écart du soleil.

— Ce jeune gars c'est quelqu'un de proche que je
voudrais…

— Sois direct *señor Ioan*, pour avoir une chance de le
croiser, mets cartes sur table.

— D'accord, je ne suis pas son père.

— Laia m'a avertie, *su abuelo.*

— Oui.

— C'est mieux comme ça, les jeunes des Okupas n'ont pas envie que leurs parents viennent les chercher comme à la sortie de l'école. Un *abuelo* qui vient de France pour saluer son *nieto* perdu dans la zone, ça a du chien, on t'écoutera. Viens au resto, j'ai soif.

Le poste de radio a rendu l'âme, au comptoir quelques jeunes discutent. Ils s'installent près d'une fenêtre ouverte. Le quartier s'éveille en musique, airs latinos à tous les étages.

Gloria admire Laia.

— Dès qu'elle a su que son corps malade ne lui obéirait plus, elle a aménagé la maison du parc Güell et s'est mise à l'informatique jour et nuit. En quelques mois elle a créé un réseau d'entraide formidable, est devenue le pilier des Okupas sur la Toile. Si on attaque son site, dans le quart d'heure qui suit des hackers amis le débloquent.

— Je sais, *un que cau, un que s'eleva.*

Le visage de la fille s'éclaire.

— En catalan, en plus ! Bravo, tu vas le retrouver ton gars !

La porte claque. Deux mimes en collant noir sautent sur une table, s'essaient à la gestuelle des statues vivantes. Brouhaha au comptoir. Ils croisent le fer et s'embrochent d'épées imaginaires, yeux levés au ciel, bouches déformées par la douleur. Posture en total déséquilibre. Pas un muscle ne bouge. Quelques minutes encore et ils rompent leur double figure sous les applaudissements. Minces, musclés, ils rigolent avec leurs copains en roulant des cigarettes.

— C'est la bande à Ricardo, la caravane vert et rose, ils travaillent sur les Ramblas.

— Les statues aux costumes lourdingues ?

— Justement pas, Ricardo veille à ce que leurs personnages soient poétiques. Les petits caïds de là-bas qui s'octroient des mètres carrés de trottoir ne les aiment pas. Les comptes se règlent parfois au couteau derrière les halles de la Boqueria. Barcelone c'est la ville des faux-semblants, quand on t'ouvre les bras tu ne sais jamais si c'est pour t'embrasser ou t'étouffer. Les squats n'échappent pas à la règle, reste sur tes gardes.

Son regard s'enflamme.

— Je suis comme une petite sœur pour Laia, là où ses jambes ne la portent plus, je vais. Elle m'a demandé de t'aider. La fille que tu veux voir, Cloé, elle se tient dans la caravane de Ricardo, celle des clowns. Mission accomplie, il faut que j'y aille.

— Attends ! Pour Valentin, tu connais le milieu, je continue à insister ou pas ?

Elle plante ses yeux dans les siens.

— Tu es étrange Ioan, j'y vais j'y vais pas. Mais tu as peut-être raison, rester sur la crête des choses c'est un bon moyen de remonter vers ce qu'on cherche, surtout si le paysage est flou.

— Ce n'est pas possible Gloria, quel âge tu as ?

— Quelle importance ?

— Tu parles comme Justin qui a mille ans !

— Connais pas ton bonhomme, mais nous tous réunis on les a bien, tes mille ans.

— Qui, vous tous ?

— Ceux des Okupas, les marginaux, les squatteurs, les libertaires, les alters, les anars, les Indignés, les cracheurs de feu, les jongleurs de rue, les glandeurs, les poètes. On n'est pas ensemble que pour fumer des joints, tu sais. Allez, *¡cuidate!*

Elle fait demi-tour, revient sur ses pas.

— À l'auditorium du Centre de Cultura Contemporània de Barcelona il y a un festival de courts-métrages, j'y vais traîner si des fois un réalisateur pas trop nul me proposait un rôle. Dans une des salles adjacentes ils ont monté une expo de photos, quand tu en auras marre de ton jeu de piste, passe les voir, c'est très fort.

Deuxième sortie. Le soleil tamisé par la toile voisine du chapiteau cadre la porte et rosit ses bras. Pas la peine de refaire une prise, chapeau l'artiste.

Ioan reste tassé sur sa chaise. Il pourrait être le grand-père de cette fille caméléon, et le plus âgé de la bande doit être le gars du bar avec ses tout juste trente ans. D'où tiennent-ils leur aplomb ?

Sur le mur un miroir à la gloire de l'apéritif Rivesaltes lui renvoie son visage aux cheveux clairs marqué par un début de barbe plus blanche. Chevalier à la longue figure tendu vers des moulins qui se déforment et se brouillent quand il s'en approche. L'image de Valentin le long du sentier des douaniers a jauni, celle de Simon assis sur le bastingage une bière à la main a pris l'eau, et un père inconnu tente par le biais d'une douille de cuivre au fond de sa poche de se glisser dans la galerie de portraits. Rien de saisissable, une glaise instable, un enchaînement de faux mouvements. Sous ses pieds les plaques tectoniques des générations se chevauchent, peinent à s'ajuster.

Au-dehors le ciel s'alourdit. Pas un filet d'air. Sur l'aire des caravanes on s'active autour du réchaud de camping, odeurs de café et d'omelette aux lardons. Ioan hésite à interrompre le petit déjeuner à l'heure catalane, s'éloigne du chapiteau. À l'abri des regards, accroché à une ferraille enfoncée dans le talus, un tuyau sert de douche. Au sol un seau retourné avec un savon. En un rien de temps il quitte ses habits, ouvre le robinet, fait peau neuve. Recroquevillé en boule il se laisse envelopper par l'eau, l'esprit à la dérive.

Parfois aux Gordes il va se rafraîchir dans un bassin en creux alimenté par le mince filet d'une source tout au bout d'un entrelacs de sentiers. Même à Justin il n'a rien dit. Dans les montagnes protestantes, il y a trois choses qu'on se doit de garder secrètes, les sources, les tombes des anciens, les coins à champignons. Il y a aussi les amours clandestines, mais ce sont de faux secrets dont on laisse filtrer aux veillées juste ce qu'il faut de détails pour agacer l'assistance et faire soupirer les filles.

Il s'apprête à laver sa chemise quand une voix l'interpelle.

— *It's you! I'm glad you're here.*

— *Buenas tardes*, balbutie Ioan en plaçant le linge mouillé devant lui.

— *Wait!*

Le jeune en short effrangé fait demi-tour, revient avec une serviette, reprend.

— *H'd you a good trip ?*

— *Soy francés, me llamo Ioan.*

Fin du quiproquo.

La troupe attend Jill, un trapéziste australien qui doit les rejoindre pour leur prochain spectacle.

— C'est vrai que la voltige, ça ne doit pas être ton truc, jette l'autre après un regard rapide.

Simple constat sans ironie. Ioan enfile un T-shirt, roule sa chemise.

— Viens prendre un café en attendant qu'elle sèche.

Pas un mot sur ce qu'il fait là, nu sous la douche.

Rapide salut de la main aux attablés de midi. La discussion roule autour de figures de trapèze. Ils rêvent de «demi-tours», de «twists», de «cut-away», de «tricks», de prises, d'élans. Les filles lianes ont des tresses africaines, les muscles des gars sont tatoués de flammèches et de serpents. Ils échangent en anglais, catalan, castillan, sans se préoccuper de sa présence. C'est après un bon quart d'heure qu'une fille en justaucorps, aussi épaisse qu'une brindille, lui demande quel atelier il organise à l'Ateneu Popular.

— Aucun, je suis venu pour parler à Cloé.

En moins d'une seconde les visages s'assombrissent. Il se rappelle les conseils de Gloria, mettre cartes sur table.

— J'ai eu votre contact par Laia.

Raclement de pieds sous la table, pas un mot. Ils s'absorbent à rouler des cigarettes comme si l'avenir de l'humanité dépendait d'un brin de tabac.

Une Espagnole aux boucles gitanes rompt le silence, met les choses au point. Laia, ils connaissent son site, mais les *ocupaciones ilegales* ce n'est pas leur truc, le terrain du chapiteau appartient à la municipalité du quartier avec laquelle ils sont en bons termes. Ioan approuve vaguement de la tête et pour se donner une contenance tire sa chaise à l'ombre du talus. Un courant d'air annonciateur d'orages fait virevolter les costumes d'acrobate et de trapéziste suspendus à des cordes. En bout d'étendage une paire d'ailes dorées prend le vent de travers, en attente du dos d'un ange sans doute. Elles ne lui sont pas totalement inconnues sans qu'il puisse dire exactement où il les a vues. La fille brindille, dans un excellent français, le fait redescendre sur terre. Elle ressemble à ces phasmes longilignes qui se confondent avec la tige des feuilles.

— J'ai dit à Ricardo que tu voulais parler à Cloé. Laisse-la tranquille, elle n'a pas envie que son père vienne lui faire la morale, elle est assez grande pour choisir ses amours.

— Attends, oublie Laia, oublie Cloé, je ne suis pas son père. Valentin, tu connais ? *Yo soy su abuelo.*

Elle marque le coup, le regarde fixement, répète pour s'en assurer « *¿su abuelo ?* », repart vers la caravane. Ricardo ne se montre pas. Fidèle messagère elle revient, visage ouvert.

— Il y a un Valentin à Can José, un Français. Ricardo dit que tu sembles jeune pour être son grand-père mais que tu peux tenter ta chance. Ils ont assez de chiens là-haut pour te faire redescendre en courant si tu cherches des embrouilles.

— Redescendre ?

— C'est perdu sur une colline. Il faut prendre le *ferrocarril* vers Les Planes, puis un bus et grimper un chemin de terre. Le squat, tu ne peux pas le louper, c'est une ancienne maison de maître aux immenses terrasses, la moitié de la toiture a brûlé et la façade est couverte de graffs. Si t'as un papier je te fais un dessin.

Elle ajoute au plan tout un tas de piétons, d'autobus, de maisons, de placettes, de fontaines. Il ne sait comment la remercier, il n'est jamais entré en conversation avec un phasme brindille. Il grommelle quelques mots, s'en va reprendre sa chemise.

La fille s'en retourne à ses trapèzes. Un jour son compagnon de voltige, dans un demi-tour croisé, saisira ses poignets et ils s'envoleront vers le ciel des acrobates.

D'étape en étape il a l'impression qu'on le balade d'une case à l'autre sur l'échiquier barcelonais sans qu'il maîtrise les règles du jeu. Il faut qu'il reprenne la main, qu'il impose ses priorités. Valentin attendra un jour ou deux, c'est vers un autre absent qu'il va aller, lui au moins il sait où le trouver. Au fond des flots qui baignent la ville, à quelques stations de métro de là.

Un vent hargneux ébouriffe les palmiers de l'avenue. La pluie s'annonce.

À la sortie du métro, des averses coupantes poussées par le vent du sud cinglent la plaça de Pau Vila.

Aller au-devant de Simon c'est entrer dans le cycle de l'eau. Ioan lève le visage vers le ciel qui se déverse en cascade et bouche grande ouverte nage des deux bras dans le linceul moite du déluge. Aveuglé par la pluie il traverse la Ronda del Litoral comme un somnambule. Les voitures l'évitent, le frôlent. Le destin le laisse aller vers son fils.

Le quartier Barceloneta du bord de mer est resté populaire malgré les restaurants de poisson qui font la retape aux touristes. Des familles au pique-nique gâché, effarées par le torrent des caniveaux, gagnent les abribus en slalomant entre les flaques.

Alourdi de pluie, Ioan avance à pas lents. Les passants qu'il croise s'effacent aussitôt. Quand on a rendez-vous avec son fils dont on a oublié la couleur même des yeux on ne se laisse pas distraire par d'autres visages. Seul au monde, il accorde aux signes du quotidien la même attention aiguë qu'il porte à la forme d'une pierre de muret avant de la tailler. Il n'a jamais eu d'autres parades à la tristesse que de s'enfermer dans des gestes répétitifs ou de développer une attention extrême pour ce qui est à la périphérie des choses. Dans un recoin de porte briqueté de rouge vif, deux cages à oiseau en osier l'une sur l'autre, juste à côté deux chaises paillées face à face, au sol des olives noires échappées d'un tonneau de saumure, sous une tôle ondulée une lessive de serviettes jaunes, une poussette d'enfant accrochée en façade. La rue Sant Miquel n'est qu'un tunnel où émergent par instants le linge aux fenêtres, les pots de fleurs des balcons, des bouteilles de gaz orange empilées derrière les grilles d'un entrepôt.

À portée de main, mirage tremblotant, la mer qu'il n'a pas approchée depuis le jour où il a compris ce que voulait réellement dire la formule obscure que la police maritime lui signifiait jour après jour : «perdu corps et biens en Méditerranée».

Il avait quitté la maison du bord de Loire, roulé toute la nuit vers les Saintes-Maries-de-la-Mer, s'était effondré les bras en croix sur la grève, le cœur plus vide de sang qu'une méduse. Lorsqu'il s'était redressé sur ses coudes, les cheveux crissant de sable, sa première vision avait été celle de petits coquillages roses que la marée avait déposés en demi-lune dans une dépression où miroitait la lumière du matin. Plus loin l'épissure d'un cordage vert s'était prise dans un cageot. Et de bois de flottage en morceaux de verre aux reflets d'agate, d'algues brunes en os de seiche, de bouts de plastique bleu en bouteilles ensablées, il avait longé la plage infinie, suivant les messages laissés par la marée, petit poucet du désespoir, ôtant ses chaussures, ses habits, allant nu au bord de la mer pendant des kilomètres jusqu'à la lagune de

Beauduc qu'il avait atteinte le soir, déshydraté, la peau craquelée par le soleil. Il titubait, délirait, s'était allongé sur le sable la tête dans l'eau, lapant à grands coups de langue la Méditerranée où s'était dilué son fils. Un pêcheur de loup l'avait récupéré in extremis, lavé de son vomi, fait boire et traîné à l'ombre de sa camionnette.

Le lendemain il avait repris sa voiture et gagné les montagnes les plus proches. Il ne savait rien des Cévennes, elles allaient devenir son refuge et sa prison.

L'orage se lâche au-dessus de la ville, il y a plus d'eau dans le ciel que dans la mer.

Ioan, seul face à l'horizon noir, adossé au socle d'une sculpture où s'empilent de guingois quatre immenses parallélépipèdes de pierre et de verre, se laisse fasciner par les rouleaux d'écume que le vent déchaîné pousse à ses pieds. Dans cette mer Simon pirouette pour l'éternité.

Son esprit s'éloigne des Saintes-Maries-de-la-Mer, de Barcelone, de Valentin, se réfugie dans le creuset d'illusion que les pères orphelins de fils gardent en eux. En tête à tête avec Simon, il bafouille, ne trouve plus ses mots, s'empêtre dans un ridicule « Comment ça va ? ».

Un si long voyage, une si périlleuse apnée, tant d'années à aligner des pierres, à curer la glaise, tant de déni, de rage, de fuite pour un simple « Ça va toi ? ».

Il remonte ses jambes contre son torse, rentre les épaules, plus tassé et rond qu'une pelote d'algues malmenée par les rafales. Dans un geste qui le dépasse il libère son bras, le tend à l'horizontale comme pour serrer une main, et la paume rugueuse de Justin la saisit, la serre, la réchauffe. Il lui dit du fond de son fauteuil bancal quelque chose comme « il était perdu » « il est retrouvé », les mots que prononce simplement le père quand revient le fils prodigue, les mots gravés sur les pierres tombales du vallon.

Il s'arrache à la plage des noyés.

Le rideau de pluie irise les lumières de la ville. Impossible pour Ioan de plonger dans la foule. Le métro, les visages, l'odeur des autres. Impossible.

À la station de taxis du Palais de la mer où les chauffeurs bloquent leurs portes jaunes en voyant approcher cette épave marine, un Colombien revenu de tout accepte de le prendre en l'état.

Direction parc Güell.

Seule Laia peut accueillir la créature amphibie qui perd ses eaux sur la banquette plastifiée d'un taxi noir.

Soupçonneux, le chauffeur laisse Ioan sous un lampadaire au bas de la carrer de Larrard. Le ciel de nuit zébré d'éclairs silencieux s'égoutte.

Il est passé du point bas de la Barceloneta au point haut du parc Güell, par instinct, comme les tortues au regard vitreux qui se traînent jusqu'aux dunes après avoir enfoui leurs œufs dans le sable. À présent son fils repose en paix au plus profond d'un berceau de sable d'or et entame avec les sirènes une partie sans fin sur un échiquier de nacre.

Il longe le mur du parc et ses grilles closes. Depuis la colline au Calvaire les ruisseaux d'orage gonflent les réservoirs souterrains, enflent les fontaines. Des flots d'eau sombre se ruent dans les vasques en céramique de l'escalier monumental. La salamandre crache un geyser colérique.

À son passage une lanterne de jardin se déclenche. Derrière les haies d'hibiscus des chiens grondent, des rideaux s'écartent aux fenêtres. Dans la villa de Laia, aucune lumière. Il tente de l'appeler, son portable a pris l'eau. Il se décide à pousser le portail, va droit sur le cactus arborescent, jure en se tenant le bras.

Une voix connue l'accueille du fond de la terrasse couverte.

— La meilleure des protections, n'est-ce pas ?

— Laia !

— Tu es seul ? N'allume pas s'il te plaît.

Il s'avance jusqu'au fauteuil comme s'il traînait des palmes aux pieds. Il tremble. Elle devine son extrême fatigue.

— Dans la salle de bains, les vêtements en vrac sur les étagères c'est pour les Okupas, il y a de tout, prends ce qu'il te faut.

D'une poussée de la main elle l'oblige à se bouger.

Il tire un tabouret métallique dans la douche, s'adosse à la cloison de verre, tête entre les mains sous l'eau tiède.

Laia est restée à l'abri de l'auvent.

Elle a l'habitude des inconnus qu'on lui envoie. Après deux ou trois nuits ils repartent un beau matin sans explication, la clandestinité a ses règles. Mais Ioan qui n'est ni de leur réseau ni de leurs luttes, que dégage-t-il de si étrange pour qu'elle ait envie de l'aider ? Peut-être cette façon maladroite et touchante de se maintenir en équilibre sur la tranche du réel pour ne pas avoir à s'y confronter, elle qui a toujours cherché à affronter la réalité en première ligne. Cet homme venu de nulle part avance sur la crête des choses, c'est Gloria qui lui a soufflé l'expression au téléphone. Laia n'a pas osé lui confier que l'autre jour, dans la connivence du clair-obscur de sa villa, ils ont écouté Ravel plutôt que Lluis Llach, les amours de Daphnis et Chloé plutôt que celles de Rosa Luxemburg, et que lorsque l'homme a fait le lien entre Nijinski et son destin de femme, la regardant cette fois dans les yeux, elle en a été émue aux larmes.

L'eau ne coule plus à la salle de bains, il doit être en train d'essayer les habits. À la clarté de la lune revenue, en trois tours de roue elle gagne la cuisine intérieure. Sur un plateau elle dispose poivrons, pain aillé à la tomate, oignons, fromages, de la pâte de coing avec des amandes, retourne à la table de l'auvent, sort une carafe de *sangria de cava* du frigo.

Son verre heurte maladroitement ses dents. Elle se tache, jure. La paralysie grignote le bas de son visage mais elle ne transigera pas avec le mal, jamais elle n'en viendra à un verre verseur comme le lui a suggéré son kiné. Pourquoi pas un goutte-à-goutte ! Elle se sert à nouveau. La pointe de citron dans le vin blanc pétillant est merveilleuse. La tête lui tourne, le verre rebondit au sol.

Quand elle ne pourra plus se contrôler et se pissera dessus, elle se fera conduire au mausolée du Valle de los Caídos près de Madrid. Elle s'approchera au plus près de la nef centrale où sont ensevelis Franco le *caudillo* de *mierda* et Primo de Rivera le *cabron* de la Phalange, et pendant que ces *putes* de *monsenyors* entameront une messe elle sortira un chapelet d'explosifs de dessous sa couverture en patchwork et fera sauter ces *gilipollas* de nationalistes.

Dans son rêve, la croix de cent mètres qui surplombe le mausolée s'écroule dans un nuage de ciment, et Laia crie son propre nom comme s'il lui était douloureux.

Ioan revient sur la pointe des pieds sans se douter que la femme endormie règle ses comptes dans une épopée goyesque avec le passé pourri de l'Espagne. Son verre a roulé sur le tapis de coco, il essuie le coin de ses lèvres, la laisse se reposer.

Assis à ses côtés, il écoute la vie minuscule qui reprend. Grillons sauvés des eaux, insectes à carapace sur les dalles, bulles qui éclatent sous le gravier des cactus. Rien de plus que ce qu'il perçoit après un orage cévenol. Dans la paix de l'instant s'insinue à nouveau la tentation d'arrêter sa course, de faire demi-tour, de regagner le mas. Oublier le chemin de Can José, laisser Valentin se débrouiller avec sa fugue adolescente, retrouver les collines sèches et la pièce aux magnans, remonter les murets, ranger ses photos, remédier à l'organisation désordonnée du monde, redevenir un bloc de granit hermétique aux souvenirs. Mais dans le sommeil qui le gagne, une voix de sable d'or lui dit que d'avoir confié son fils aux bons soins des sirènes translucides ne le dédouane pas de s'occuper de l'autre grand enfant en cavale, qu'il doit s'accrocher, aller plus loin.

Sous l'auvent, Ioan et Laia dorment. Il ne survit qu'en lui-même, elle ne vit que pour les autres, et cependant quelque chose de semblable les rassemble. La quête d'une inaccessible espérance, dirait Justin.

Dans le ciel délavé, les étoiles ont repris leurs courses silencieuses.

Des aboiements se répondent de villa en villa. Du bout des doigts, Laia s'assure de la présence de Ioan et sa main reste sur l'accoudoir. Une passerelle entre eux, rien de pesant.

Elle l'entend se lever, se rasseoir.

— Tu n'arrives pas à te reposer?

— Il y a si longtemps que je n'ai pas dormi en ville.

Dans mes montagnes, les hommes et les pierres font silence.

— Mais ici, c'est calme comme dans un refuge.

— Non, des faisceaux d'ondes balayent la ville.

— Tu veux dire ?

— Des millions d'habitants s'agitent, pensent.

— Si tu vas par là, tu peux ajouter ceux d'avant, ceux qui y ont vécu, se sont aimés, déchirés, massacrés. Barcelone bruisse aussi de son passé. Je sors d'un sale rêve, je faisais sauter le mausolée du Valle de los Caídos et les os de Franco valsaient dans les airs.

Ioan se tait.

— Bien sûr, qui s'inquiète chez toi qu'en Espagne, quarante ans après, on vénère toujours le dictateur et ses *bastards…* ?

Elle lui saisit la main brusquement, la porte à ses cheveux.

— Tu les trouves comment ?

— Drus, doux, je ne sais pas.

Petit ricanement, elle s'éloigne.

— Je vais faire du café.

Dans le noir, le choc des tasses et des cuillères. Laia s'est blottie au fond de son fauteuil, salamandre qui se débat au cœur des flammes. Un glissement de caoutchouc, sa voix se fait proche, aride, des mots arrachés à ses lèvres scellées, enfilés comme des perles de deuil. Des mots qui n'attendent aucune réponse.

— Mes cheveux, ce sont ceux de Laia. Ma grand-mère s'appelait Laia. Une paysanne des Asturies, veuve, que mes parents ont amenée à Barcelone quand mon père en 37 a laissé le Comité populaire de Sama de Langreo pour soutenir ses amis de la CNT, des radicaux antistaliniens acharnés qui collaient des affiches noires où se détachait en lettres rouges « *¡La Revolución y la guerra son inseparables !* ». Plus tard, quand les phalangistes sont entrés dans la ville, on a vu mes parents sur les barricades, puis plus de nouvelles. Il y avait tellement de cadavres dans les rues qu'on les jetait sur des bûchers avec les chevaux que la mitraille avait fauchés.

Sifflement de sa respiration. Elle cherche un verre sur la table, accepte les doigts de Ioan sur les siens quand il l'aide à le porter à sa bouche. Elle poursuit :

— Les fascistes sont allés chez ma grand-mère qui ne comprenait rien à la guerre fratricide et ne se cachait pas. Ils lui ont craché dessus, l'ont traitée de *cerda sucia*, sale truie. Ils gueulaient « Tu as engendré la pourriture républicaine, tu as donné à ton fils une éducation marxiste, athée, pornographique », ils ont sorti un rasoir, coupé ras sa belle tresse noire qu'elle relevait dans un chignon haut où elle piquait des fleurs blanches pour la fête de La Santina, patronne des Asturies, et ont achevé leur boulot avec une tondeuse. Comme pour les prostituées.

Elle jette « *escombraries* de franquistes », serre les doigts de Ioan.

— Mes parents n'étaient pas morts mais dans les geôles du Caudillo. Pire que l'enfer. Battus, torturés. Je ne veux pas tout savoir.

Un temps d'arrêt, elle reprend.

— À leur sortie de prison ils étaient brisés, l'ombre d'eux-mêmes. Je suis née par miracle, ils avaient honte de tout, de leur échec, de m'avoir donné la vie. J'ai connu ma grand-mère avant qu'elle ne disparaisse, j'avais quinze ans, elle gardait un châle sur la tête, le choc avait été tel que ses cheveux n'avaient jamais repoussé. Elle ne comprenait toujours pas pourquoi des chrétiens lui avaient infligé cette humiliation alors qu'ils priaient le même Dieu. Depuis j'ai laissé pousser ma crinière noire, drapeau pour tous les humiliés de la terre et j'ai pris un nom de combat, Laia.

Après tant de paroles elle regarde Ioan comme si elle découvrait sa présence.

— Tu as dit «drus, doux» pour mes cheveux, tu as raison. Drus pour la lutte, doux pour le souvenir. Je n'ai plus rien à dire. Plus rien.

Dans les palmiers du parc Güell, les perruches vertes au ventre gris annoncent l'aube.

Ioan rassemble sans bruit ses affaires qui sèchent sur la table basse du salon. Lui non plus ne comprend pas tout. Il est venu vers Laia pour se libérer de sa peine et c'est elle qui lui confie ses blessures. Il n'a jamais pensé pouvoir apaiser quelqu'un, quand il montait aux Gordes rejoindre Justin c'était pour profiter de sa présence, pas pour aider le vieux berger. Les blessures de son cœur l'autorisaient à être égoïste.

Dans le miroir de la grande pièce, le reflet ironique de l'homme sec et propre: chemise blanche cintrée aux pans flottants, pantalon de cotonnade jaune rayée de gris, large du bas, cheveux plaqués en arrière qui dégagent ses yeux profonds. Une rock star fatiguée restée dans le wagon de queue du siècle dernier.

Il ne l'a pas entendue venir. Sur le seuil de la porte, Laia sourit, visage lavé de ses peurs. Elle désigne sur la table, à côté du portable qui se charge, la pochette du CD mâchée par la pluie.

— Je peux?
— Attends!

Elle a déjà sorti le disque, ouvert le tiroir du lecteur, enclenché une piste au hasard.

— Ne crains rien, dit-elle.

Elle l'entraîne au fond du jardin sur un banc de pierre niché dans l'épaisseur du mur aux cactus.

— Nick Cave, sombre Dieu, et tu voulais le garder pour toi !

Aucune autre musique ne pouvait naître dans ce lieu, en cet instant. Aucune autre voix ne pouvait ainsi servir la ballade de Lucy :

I'll love her for all time
I'll love her till the stars
Fall down from the sky.

Aucun autre homme que Ioan ne pouvait reprendre à son compte les paroles et murmurer en duo la perte de son fils et leurs retrouvailles en bord de mer.

Je l'aimerai pour tout le temps
Je l'aimerai jusqu'à ce que les étoiles
Tombent du ciel.

Les grains de sable ont abîmé le CD. Les mots d'amour aux disparus reviennent en boucle. Pour Simon. Pour la vieille Laia.

I'll love her for all time.

Ioan est prêt. Sac en bandoulière, balluchon sous le bras. Quand il tire le portail elle le hèle, montrant du doigt la plate-bande des petits cactus Copiapoa. Au sommet d'une courte tige, enveloppées d'une bourre blanchâtre, deux minuscules fleurs jaunes ont éclos. Pétales de soie à l'aplomb d'un coussin d'épines. La nuit a été fertile.

Ils échangent de vagues impressions sur la nature qui est bien faite. Chacun cache son trouble, elle le retient.

— L'orage d'hier n'était qu'une étape, tu dois poursuivre ta quête Ioan, mais ne retourne pas dormir à la coupe de bois du Tibidabo, la Rabassada est trop proche. Puisqu'il te faut de la hauteur, je vais te trouver quelque chose à Barcelone.

Elle s'en va dans la grande pièce activer l'ordinateur, prend des notes, téléphone en main.

Il sort l'appareil photo de son étui de cuir, cadre Laia dans un plan serré, cherche le bon angle. Pour la première fois de sa vie il prend le portrait d'une femme pour en garder le souvenir. Une dizaine de clichés. Les courbes et les rides d'un visage en disent autant sur le passé des femmes et des hommes que les strates des paysages dévastés sur la mémoire des peuples. Un basculement total dans sa façon d'appréhender le monde.

Quand plus tard il développera les photos, le profil de la pasionaria aux longs cheveux se révélera avec la pureté d'une estampe en taille-douce. Par-delà les cicatrices du corps, l'empreinte de l'âme.

Elle a joint une certaine Palita, une Équatorienne qui l'attendra vers dix-sept heures, à l'angle des carrers de Mallorca et de Sardenya, dans le quartier de la Dreta de l'Eixample. Burinée par l'air des plateaux andins elle quitte rarement une casquette colorée, il ne pourra pas la manquer.

Il lui dit que si c'est pour l'amener sur les hauteurs

de Quito, ça l'éloigne un peu de son objectif. Ils rient, heureux d'être complices.

— Je te laisse, j'ai du boulot, du sérieux. On prépare l'attaque punitive d'une agence immobilière dans le centre, au Clot-Camp de l'Arpa. Bombes de peinture, Coca dans les ordis, expulsion des cadres avec faux policiers et avocat factice. Tout parfaitement réglé. Une sacrée manif avec tracts et musique. Après ce sera la fiesta dans un squat avec un groupe d'ici, Murtra, du hard rock si déjanté que personne n'a jamais compris ce qu'il voulait dire, mais vu l'énergie dégagée on lui fait confiance. Allez, *adéu meu amic*, n'attends pas le prochain orage pour passer. *Fins aviat*, Ioan.

— La prochaine fois, j'éviterai le cactus géant.

— Et n'oublie pas que ceux que l'on cherche ne sont pas forcément devant soi.

Il laisse filer la phrase sans s'y attarder.

Les grilles du parc Güell sont encore fermées. Il a tout son temps pour aller à Can José.

Il siffle dans la rue. Un jour Justin lui a dit qu'il passait tellement de temps à manipuler ses satanées lauzes qu'il en oubliait de chantonner et devenait rugueux et gris comme elles. La comparaison s'est arrêtée là, puis aidé par le vin de treille et le soleil implacable de midi, il s'est perdu dans les histoires de son service militaire où il se vantait d'avoir deviné dans sa chambrée le métier de chacun. Le cordonnier sentait la colle et le cuir, les cheveux du menuisier la sciure et l'instituteur avait une haleine crayeuse !

Que fait le vieil original dans le calme de sa maison des certitudes ? À veiller si des fois le fils de Dieu avait le bon goût de revenir sur terre et justement aux Gordes ?

Le point gris n'en finit pas de tracer des ronds au plus haut du ciel sans nuages. Justin ferme les yeux, les ouvre. Le point se précise, un rapace. Ce n'est donc pas un rêve.

Mais que fait-il allongé sur la terre humide et pourquoi n'arrive-t-il pas à tourner la tête ? La salive lui coule sur le menton. Étrange goût de sang.

Ce matin, après avoir fini son bol de café, il a jeté un œil à la pendule. Six heures. Il s'est dit qu'il pourrait en profiter pour aller saluer le fils Rouvière avant qu'il ne parte au marché de Lasalle et lui acheter quelques cèbes. Les oignons à saveur de miel dans le civet c'est du sans pareil, et les lapins en ce moment ils se prennent tout seuls au collet.

La montée n'en finissait pas, à croire que pendant la nuit le chemin avait pris de la pente. Sa gorge était sèche. Un peu avant le dernier tournant – il devinait le toit de la baraque – il s'est dit qu'il allait faire quelques pas sur le côté pour se désaltérer à la source de la châtaigneraie. L'eau fraîche lui a donné un coup de fouet. Il en a profité pour jeter un coup d'œil aux repousses sous la greffe des arbres au cœur mort, toute une série de cabasses qui montent bien droit, vaillantes comme des soldats prenant la relève du vieux chef à terre. Il a voulu les éclaircir, a sorti son couteau. Un voile rouge s'est déroulé devant ses yeux, l'air lui a manqué.

Du bout des doigts il gratte le sol. La terre est meuble, la source doit être proche, un coup de reins, genoux au sol et il va se redresser. Mais son corps ne lui obéit pas, il ne le sent même plus. Le docteur d'Anduze voulait qu'il garde sur lui un téléphone d'alerte avec trois grosses touches, pourquoi pas une boucle à l'oreille comme pour repérer les vaches ! L'oiseau de proie se rapproche. Ses yeux trop faibles pour lire la Bible sont bons pour le lointain. Plumes grises rayées de noir, du blanc sous le ventre, le rapace joue avec le vent. Des frissons, le froid et le chaud qui se mélangent. Ne pas craindre la décision de Dieu. L'autre jour quand le mal l'a pris sur la terrasse, il a eu un mauvais moment de doute, il a même pensé que la terre cévenole n'était plus celle des Évangiles. Aujourd'hui c'est différent, il se sent protégé alors qu'il est plus vulnérable qu'un nourrisson vagissant sur le dos. Parce qu'il ne lutte plus. L'au-delà est un temps advenu, apprivoisé. Pourquoi en aurait-il peur ? Ça fait longtemps qu'il habite la maison de Dieu, il y a sa place. Le rapace fait une tentative de plongée, remonte avec le vent, plane, ailes en croix. Un faucon pèlerin. Par deux fois seulement dans sa longue vie il a été témoin de son piqué. Une flèche de pierre qui ne manque jamais sa proie. Dans le coin il n'y a pas d'aire, le faucon vient du mont Lozère. L'autre jour deux gardes forestiers sont venus jusqu'à sa terrasse, et bonjour et comment ça va. Ils en avaient relâché un dont ils avaient soigné l'aile brisée, voulaient savoir s'il l'avait aperçu, menaient leur enquête, faisaient les gentils au seuil de sa porte pour lui soutirer des informations, mais pas question de dire quoi que ce soit aux uniformes qui jetaient un œil en coin à la bouteille de vin. Ils sont repartis bredouilles. Il a bien rigolé, il avait vu le rapace la veille, et de près encore, capuchon noir sur la tête avec deux larges moustaches couvrant presque les yeux. Et là, il est revenu. Rien que pour lui. Un cadeau du ciel. Qui parle ? Une voix grave. Pas celle du Seigneur mais la grande gueule de Rouvière qui depuis que son commerce marche bien se prend pour le roi des Gordes. On dirait même qu'il crie son nom. Qu'on lui fiche la paix, il est bien là, allongé le crâne dans les bogues, avec Dieu à ses côtés. C'est Lui qui décide du moment de chacun, pas un cultivateur de cèbes qui a oublié le chemin du temple. Le faucon, queue et ailes repliées, serres tendues, fonce comme un éclair sur une tourterelle grise. Elle ne voit rien venir. Gerbe de plumes. Il est déjà hors de vue. Justin se tourne sur le côté, vomit du sang.

C'est le fils Rouvière qui l'a trouvé étendu là. Il était monté sur son toit pour changer des tuiles quand il a aperçu une forme allongée près de la source. Il a donné de la voix, a couru jusqu'à la châtaigneraie.

L'ambulance tarde. Justin n'arrête pas de murmurer que seul Dieu et les rapaces ont sur lui le droit de vie et de mort, qu'il n'en a fini ni avec l'un ni avec les autres, qu'il n'ira jamais dans un hôpital, même pas à la clinique protestante de Nîmes. Quand enfin le docteur d'Anduze arrive et qu'il se penche pour l'entendre, le vieux lui souffle quelques mots à l'oreille.

— Qu'est-ce qu'il vous a dit ? s'inquiète Rouvière.

— *Tu me fas caga, coulègo*, répond le médecin.

— Alors s'il vous envoie chier, c'est qu'il va mieux, conclut le voisin.

La tête de Justin retombe, il s'assoupit.

Sur le chemin où cahote l'ambulance, à la hauteur du mas, ses pensées s'enclenchent avec une étonnante netteté. Spirale de soupirs et de tendresse, adieu à Ioan :

« ... pour tailler les pierres et les assembler à l'ancienne tu es un vrai gars d'ici, y a qu'à voir tes mains, elles ont payé leur tribut, mais pour ce qui est d'écouter ce qui traverse la tête d'un vieux berger, là tu restes de la ville, tu n'entends pas, ou peu de chose... tu crois qu'il suffit d'être voisin sur une même colline pour se connaître, mais chaque fois que tu es venu me voir pour me demander un peu de paroles, un peu de vie parce que ton cœur saignait, tu ne m'as pas écouté... celui qui pouvait donner le plus de nous deux ce n'était pas moi c'était toi... ça t'étonne hein petit qu'on ait besoin de toi... mais c'était bien toi, le gars du mas qui était chargé d'énergie, même qu'à un moment j'ai rêvé que tu étais mon fils revenu, qu'il avait racheté ta maison au lieu de s'enfuir comme un malpropre un jour de dispute où il m'a rendu fort la gifle que je lui avais donnée doucement, qu'il s'était glissé dans tes habits pour me faire une bonne surprise, qu'il avait ton visage, tes traits, ta force... j'étais en demande de quelqu'un moi aussi mais tu t'en fichais bien... je ne t'en veux pas, tu venais pour toi, tu repartais pour toi, quand tu étais triste toutes les Cévennes devaient pleurer, il n'y avait nuages au monde que ceux qui assombrissaient ton horizon... mais bon sang petit, accepte que quelqu'un ait besoin de toi, sors de ta prison de murets, comprends que tu peux aussi donner, ça épongera ta peine, c'est même le seul remède pour la soulager, donne au lieu de quémander comme un mendiant des miettes d'attention et tu deviendras plus libre qu'un prince... oui, qu'un prince... ne te complais pas dans ton malheur... excuse-moi je t'embête avec mon prêchi-prêcha de gisant, je suis si fatigué... les mots ça me pèse des tonnes mais tu me manques, sacré Dieu... où tu es en ce moment, j'ai besoin que tu me tiennes la main... c'est pas après les femmes que tu cours tu ne sais pas les garder, après quoi t'es parti, après qui... tiens je vais faire un sacrilège, tant pis si l'Autre me fait des histoires, quelques mots encore mais si vite dits qu'Il ne les entendra pas, approche, écoute... je sais que ton fils ne reviendra plus jamais, l'attente est close, libère-t'en... sacrilège à dire mais la mort vaut mieux que l'attente, si je te le dis c'est parce qu'un vieux père à la joue meurtrie comme moi continue à espérer, à tendre les bras comme si mon fils allait s'y précipiter... il pourrait revenir, il ne le fait pas, ça n'aura jamais de fin, ça taraude plus que la mort... je préférerais... voilà, tu me manques c'est tout... dès que j'aurai craché cette saloperie de caillot de sang qui m'étouffe, je te l'enverrai pas dire que tu me manques, dans mon état j'ai le droit de me choisir le fils que je veux, et de t'aimer comme je veux... j'ai le droit d'être égoïste moi aussi... petit, reviens vite... je veux te montrer le vol du faucon pèlerin, imagine si ensemble on le voyait piquer vers le sol, quelle chance ce serait, imagine... c'est comment ton nom déjà... la mémoire m'échappe... celui du mien c'était Jean... mais, petit, ça n'a pas d'âge, ça peut aller pour toi, pour lui, pour tous les fils du monde... »

Dans le *ferrocarril* qui file vers la station Les Planes, Ioan se laisse ballotter au rythme du wagon. Son visage est détendu. D'avoir partagé sa nuit avec une femme rebelle dans un jardin de cactus en fleur, d'avoir su dire adieu à Simon par-delà les flots, de savoir que ce soir Valentin sera à ses côtés et qu'il va bientôt retrouver le vieux berger sous sa treille, allège son esprit. Avec son accoutrement vintage et ses cheveux plaqués en arrière, il détonne parmi les travailleurs du matin au regard embrumé.

Une femme en tailleur gris perle qui s'en va prendre son poste dans une agence bancaire de banlieue le détaille à travers ses lunettes noires. L'homme doit rentrer d'une virée nocturne. De Sitges certainement, cette bourgade transformée par les artistes et les gays en carrefour de tous les délires. Elle y est allée deux ou trois fois avec son ex. Se baigner dans les mêmes eaux que la jet-set ça avait de la classe, elle y retournerait bien. Les mains de l'homme sont abîmées et il n'est pas tout jeune, mais il a de l'allure et elle en a marre de la solitude. Elle ôte ses lunettes, se redresse sur la banquette, croise haut les jambes. Il se prépare à descendre. Fin du rêve.

Ioan atterrit sur le quai la tête dans les nuages. Quand le train est arrivé à la station il était à mille lieues des Planes, très exactement au volant de son pick-up avec Valentin à rouler à tombeau ouvert toutes fenêtres baissées à travers la plaine du Languedoc. Ils riaient de leurs blagues, échangeaient des canettes de bière en écoutant la musique hard des Murtra. Tant d'années à rattraper. Il rajuste sa besace sur le flanc droit. Fin du rêve.

Le *ferrocarril* repart, secouant les passagers dans un bruit de ferraille, dispersant leurs songes. En son temps le Scenic Railway du casino de la Rabassada ne promettait pas autre chose. Des rêves.

La femme au tailleur gris s'assiéra demain à la même place si des fois l'homme vintage choisissait le même wagon. Et Ioan, en passant sous le porche en brique rouge des Planes, se demande déjà s'il ne serait pas judicieux de retenir deux chambres d'hôtel, car ce soir il va renouer avec son petit-fils.

Rêves.

Une chaleur lourde monte des collines nettoyées par l'orage de la veille. Ioan envoie bouler sa chemise cintrée dans une poubelle, enfile un T-shirt, retrousse son pantalon jusqu'aux genoux. Le nez dans son carnet il avance en déchiffrant le plan que lui a dessiné la fille du chapiteau. Une œuvre d'art qui se fiche des conventions. Rien n'est à l'échelle, Miss Brindille ne l'était pas non plus. Le bus 128 le dépose en haut d'une route en lacets bordée de villas fleuries. Après avoir tournicoté dans des ruelles à géraniums il se retrouve sur la placette centrale de la Creu d'en Blau indiquée dans un coin du croquis, départ du chemin pour Can José.

Il ne peut manquer le squat. C'est comme si on avait

graffé de fluo le moutonnement des chênes verts. Sur les murs, un damier de couleurs sans concession relègue Gaudí au rang de pastelliste. Le jaune vif, le vert cru et le rouge incendie ont résisté à l'ardeur du soleil. Un feu de cheminée par contre est venu à bout de la partie droite du toit où se dresse un gigantesque mikado de poutres noirâtres.

Il est bien le seul piéton à s'aventurer sur le chemin de terre. Des aboiements rauques. À l'approche, les molosses s'avèrent être de modestes bâtards qui remuent la queue. Sur le terre-plein de l'entrée, rouillent deux fourgonnettes et un enchevêtrement de pièces mécaniques d'où émerge au bout d'une perche un fanion siglé d'un énorme doigt d'honneur. La bohème rebelle aime les raccourcis.

Une fois son T-shirt enfilé, sa chevelure a repris des plis qui conviennent mieux à un *abuelo*. C'est ce que doit se dire le gars qui déboule dans son dos sur un vélo qu'il freine des deux pieds. Les chiens lui font la fête.

— C'est toi le vieux Français qui nous cherche ?

Charmant. À l'ère des portables, il n'y a plus de visite surprise.

Il répond d'une main tendue que l'autre ignore. Pas agressif, seulement d'un autre monde. De la Jamaïque surtout. Des dreads jusqu'aux épaules, un pull aux trois couleurs assez large pour y glisser toutes les guitares et les claviers de Kingston. Il revient du village d'à côté, une énorme miche de pain sous le bras. La fumette ça creuse.

— C'est bien que je sois tombé sur toi, les autres ne t'auraient pas laissé entrer.

— Vous filtrez les étrangers comme aux frontières, répond Ioan sans se démonter.

Déstabilisé, le rasta à vélo s'explique. La semaine a été mouvementée. Le proprio qui n'avait pas donné signe de vie depuis deux ans s'est soudain réveillé et joue la partition du spolié, soutenu par la garde et l'arrière-garde de la justice. Avec ses potes ils se sont juré d'enduire d'huile de vidange le prochain huissier qui viendrait les emmerder.

— Le proprio est petit joueur, il envoie ses sbires, trop lâche pour nous parler en face.

Ioan se tait. Il faudrait être kamikaze pour affronter la tribu des ganjas boys. Le nom de Valentin lui brûle les lèvres. Le reste, il s'en fout.

De ses heures de gloire la maison a de beaux restes. Une terrasse couverte aux arcades mauresques cerne l'aile gauche et le centre de la bâtisse. Y sont entassés matelas et couvertures. À la belle étoile, protégé de la rosée et avec un joint qui tourne, on doit y passer de belles heures. La peinture illumine les façades sans en colmater les brèches, il y a longtemps que les squatteurs ont déchiré les avis d'expulsion pour cause d'insalubrité. De la cour où se prennent les repas, il ne reste que quelques dalles blanc grisé des carrières des Borges Blanques d'où l'on tirait les blocs de la Sagrada Família. Pendant des années le voisinage s'est servi des dalles sans vergogne et les squatteurs ont bouché les trous avec des palettes subtilisées dans leurs vergers. Tout ce qu'il faut pour que les deux camps se haïssent.

Une dizaine de gars et de filles en sont au petit déjeuner. Le pain du rasta est le bienvenu. À la vue de Ioan le petit groupe pique du nez dans les bols avec ensemble.

Il retient un «amen» ironique, s'assied, se sert d'autorité du café, sort une cigarette et laisse le paquet sur la table. Une main, une autre, le paquet fait le tour, revient vide. Les visages se dévoilent. Ce ne sont pas des gamins, à peu près entre vingt et trente ans. Pas des tendres non plus, certains regards sont enfoncés dans des orbites bleutées, la peau est bistre, un gars et une fille aux bouches édentées ricanent bêtement. Ils ne sont ni d'avant ni d'après mais dans un ailleurs qui semble assez glauque.

Ioan se tourne vers deux couples plus jeunes au look rasta. Quatre qui ont dû se remuer pour escalader la façade du squat, bardés de pots de peinture aux couleurs de Babylone. Coup d'œil furtif, Valentin est-il de ceux-là ? Personne ne bronche. Il se lève avec une lenteur étudiée, fait quelques pas en tirant sur sa cigarette, laisse à son petit-fils le temps de se décider. Il s'efforce de ne pas se retourner, son cœur bondit dans sa poitrine. Rien.

Il s'éloigne, seul.

Tout autour de la bâtisse, ferraille et caisses éventrées alternent avec un potager en friche, un tour de potier à l'abandon, un castelet de marionnettes tout de guingois, l'amorce d'un bassin piscicole. Le squat aussi a eu ses heures de gloire.

Ioan marque une pause pour se calmer. Il n'est pas là pour faire ami avec les squatteurs ou les juger mais pour Valentin. Est-ce que ce gamin courant d'air sait que son grand-père le cherche ? L'observe-t-il en douce sans oser faire le premier pas ou fait-il un *bad trip* en solitaire, allongé sur un des matelas de la terrasse ?

Les images romantiques de ses premiers contacts avec

les Okupas s'effritent. C'est Valentin qu'il veut, pas cette bande de traîne-savates. Et comme souvent pour affirmer son obsession, il la gueule. Par trois fois le nom de Valentin éclate dans le maquis. L'écho met longtemps à lui revenir. Une voix de femme en contrebas.

Il contourne un transformateur électrique hérissé de branchements pirates, enjambe des clôtures et débouche en plein soleil dans une invraisemblable oasis.

Un bassin de retenue des pluies surplombé d'oliviers qui rendent l'eau verte et profonde. Elles sont deux dans la piscine à s'éclabousser, rire, retenir la lumière sur leurs épaules et leurs seins de vingt ans.

Ioan salue de la main.

La brune aux cheveux très courts l'accueille d'une phrase ampoulée en rigolant.

— *¡Es muy amable que hayas venido a vernos !*

Il répond en castillan.

— Excusez, je ne savais pas.

Double fou rire dans un arc-en-ciel de gouttelettes.

— Ça va ! Si tu t'excuses c'est que tu n'es ni proprio ni huissier.

— Un peu voyeur peut-être ! ajoute la blonde aux yeux translucides.

Elle se marre, d'un rétablissement se hisse sur la margelle. Bronzage parfait, corps de même, lézard bleu tatoué sur l'épaule. L'autre la rejoint, aussi nue, aussi lisse, piercings au nombril et aux tétons.

— T'inquiète, elle plaisante. Tam-tam Usurpa a fait son boulot. Tu viens pour Valentin. Pas mal pour un grand-père !

Papillon épinglé par les piques des filles, Ioan ne

répond pas. Pensées en rafale, «Enfin, Valentin, bon Dieu qu'elles sont belles, qu'est-ce que je fous ici?».

L'une poussant l'autre, elles escaladent la branche d'un olivier où est nouée une corde, la saisissent et d'un même élan se propulsent dans les airs. Un aller-retour avant de la lâcher et de retomber n'importe comment dans un grand flatsch. Quelques brasses, elles s'installent de l'autre côté, écolières faussement ingénues en face du maître. Provocation ou elles s'en fichent, il sait si peu de chose de cette jeunesse.

Toujours debout au bord du bassin il lance, mine de rien :

— Il est dans le coin Valentin ? Je ne l'ai pas aperçu !

— Pas passé depuis plusieurs jours, tu lui veux quoi ?

— Comme ça, pour lui glisser un petit bonjour.

Silence des naïades. Plongeons, bagarre sous l'eau, câlins, elles regagnent leur place, dos à dos cette fois. Agaçantes. Elles vont la cracher leur info ou pas ?

En style policé ça donne :

— Vous savez où je peux le trouver ?

La brune tourne la tête.

— En ce moment il répète du côté des Ramblas.

— Il répète ?

— La bande à Ricardo.

C'est tout.

Ce n'est pas ce soir qu'il installera Valentin sur le siège avant du pick-up. La rage le prend, il faut qu'il s'éloigne avant qu'il en vienne à insulter les filles. Un dernier effort, voix contenue.

— Il loge où là-bas ?

— C'est pas les squats qui manquent. T'inquiète pas, *abuelo*, il est clean ton gars si c'est ce que tu veux savoir.

Petites connes, en plus elles devinent tout.

Double pirouette, double gerbe d'eau, rires mêlés.

Au moment de disparaître il se retourne et envoie un sourire franc. Il aurait dû le faire plus tôt, la brune aux seins pointus lui répond en agitant la main, sa tendre blonde tenue par le cou.

— Quand tu le verras, donne-lui le salut de Cloé. Je l'aime bien ton gars, c'est un ange !

Cloé ! La copine de Valentin et il a failli passer à côté ! Cette fille est allée chez sa mère, a rapporté ses affaires, elle est la preuve que Valentin est bien à Barcelone, qu'il mène simplement sa vie à quelques stations de métro de là. Il va finir par l'attraper ce petit-fils. Ou pas. Doit-il le ramener ou faut-il simplement que Valentin sache que le père de son père le cherche ?

Jamais il ne s'est vu dans la peau d'un grand-père, mais que dire devant ces filles lianes qui se moquent du regard de l'homme planté comme un idiot au bord du bassin ? C'est quand on réprime le désir parce qu'on le sait hors d'atteinte qu'on est vieux ! Il répète cette phrase et, yeux mi-clos pour faire surgir la silhouette des naïades, submergé par un fou rire ravageur, il arrive à murmurer ce que seul son pantalon vintage devine, « je bande ».

Et c'est ainsi, rassuré, rayonnant, qu'il passe devant les rastas qui se demandent qui vient de fourguer au vieux de la ganja d'une telle qualité.

En guise de remerciement il dépose sa bouteille de tequila sur la table et laisse Can José avec la certitude de bientôt remonter les Ramblas au bras de Valentin.

À son rendez-vous avec Palita à l'angle de la carrer de Mallorca, les trottoirs sont noirs de monde. Ioan comprend aussitôt, face à lui la Sagrada Família dresse sa fantastique exubérance. La basilique de Barcelone après le parc Güell, Laia a un faible pour les défis de Gaudí.

Les vendeurs à la sauvette harcèlent les touristes, cartes postales, porte-clés, magnets, basiliques en céramique. Comment reprocher aux jeunes de fuir les marchands du Temple, de se réfugier dans une Okupa déjantée et de passer leur temps à fumer des joints en se balançant à poil au-dessus d'un bassin d'eau verte ?

Il contourne le chantier de l'église, s'assied sur le parapet de la sortie du métro, guette l'Équatorienne.

Le temps passe.

Sans qu'il en saisisse la cause, l'ambiance bascule, les voix baissent d'un ton, certains sortent des jumelles.

— *¡Buenas tardes Ioan! ¿Qué tal?*

Il sursaute. L'accent latino, la casquette bariolée trop grande pour son visage de fille des Andes, c'est elle.

— *¡Hola* Palita!

Elle s'installe à ses côtés avec assurance.

Plus âgée qu'il ne le pensait, la quarantaine. Une salopette de toile rayée, une façon de cligner ses yeux bruns qui lui fronce joliment le nez, de longues mains où il remarque une estafilade boursouflée le long du pouce gauche.

— Si tu permets on attend un peu, le numéro de voltige va commencer, il vient de sortir.

— Il ?

Sourire énigmatique et pointu. Il est passé d'une salamandre à une renarde des hauts plateaux. Mais pourquoi cette casquette qui lui mange le visage ? Elle a dû l'entendre. D'un coup de tête elle déroule une longue natte dans son dos. Noir andin.

— Regarde, dit-elle en tendant sa main vers les tours de la façade de la Nativité, le voilà !

Autour d'eux des centaines de visages guettent le ciel. Elle précise.

— Repère la flèche au pinacle rouge et or, élève-toi à la verticale.

— L'oiseau qui plane ?

— Bien mieux, le roi des cieux ! Un *halcón peregrino* !

— Un faucon pèlerin, ici ?

— Des ornithologues les ont lâchés pour qu'ils chassent les pigeons et par chance un couple s'est installé sur la tour Barnabé.

— Tu en parles comme si tu l'avais vu de près.

— Assez pour distinguer son capuchon noir et ses plumes en moustache devant ses yeux. Le revoilà.

— À peine un point dans le ciel maintenant.

— Il s'éloigne, dommage. Mais si ça t'intéresse on essayera de le surprendre un de ces soirs.

— Tu habites dans le coin ?

— Laia m'a dit que tu cherchais à te loger pour

quelques jours, je ne lui refuse rien. Il y a un lit de camp qui t'attend, mais la pièce est minuscule.

— Ah…

— Sur les hauteurs, c'est ce que tu voulais, non ? Viens, on peut y aller.

Ils sautent au sol en même temps, elle lui arrive aux épaules. Sous sa salopette, des formes généreuses.

Les billetteries ont fermé leurs portes, la carrer de Mallorca se vide. Ils longent la façade de la Gloire barrée par la haute barrière du chantier.

— Dans deux décennies s'élèveront les quatre dernières tours, l'informe Palita, sérieuse. On verra Dieu le Père en haut du portail, la grande rosace du Saint-Esprit au-dessous, et plus bas, Jésus.

Elle connaît l'histoire de la Sagrada Família sur le bout des doigts. Que penserait Justin de cet entassement de symboles religieux ? Il lui racontera l'histoire du rapace qui a choisi une église pour refuge. Des faucons pèlerins, il n'en a peut-être jamais vu.

— Pour l'instant, mets ça s'il te plaît.

Une casquette identique à la sienne.

— Un laissez-passer, ajoute-t-elle, mystérieuse.

— Le concierge n'accepte que les jumeaux ?

— En dehors des heures officielles aucune visite privée n'est admise à la basilique. Il faut être architecte ou artisan.

— Tu habites la Sagrada Família !

— J'y travaille, c'est différent. Suis-moi.

Ioan secoue la tête, ébahi. Après avoir relevé jour après jour des murets jamais terminés, le voilà aujourd'hui au cœur d'une œuvre de pierre inachevée.

Un digicode sur une porte latérale du chantier. Un gardien nonchalant devant son écran de contrôle. Un couloir de tôle avec des habits de travail et des casques de protection. Un robuste monte-charge extérieur aux parois grillagées.

En haut, une passerelle qui se divise en pontons fragiles. Le plus large, protégé de rambardes et de filets, mène à mi-hauteur des tours à une cabane de chantier calfeutrée de toile goudronnée.

— Bienvenue ! Tu surplombes Barcelone et tu es totalement ailleurs aussi.

— Incroyable !

C'est tout ce que Ioan parvient à prononcer.

Le vent gémit, couvre le bruit de la ville.

Selon le côté où il se tourne, son regard s'envole vers les nuages ou bute sur les tours. Juste en dessous, à la toucher, une pyramide de boules multicolores prolonge le pinacle de la nef latérale et flamboie sous le couchant. De sa main tendue il pourrait cueillir les grains de céramique d'une grappe de raisins mauves ou caresser des tourterelles de marbre blanc. Un saut par-dessus la balustrade, il survole la capitale catalane, les collines de la Rabassada, les plages de Barceloneta, amorce un plongeon vers les Okupas et de ses bras écartés salue Valentin des Ramblas.

— *Hola* Ioan, le vertige ?

La main de Palita sur son épaule, il atterrit sur le ponton.

— La fatigue, je n'ai rien mangé de sérieux de la journée.

— Tu es chez toi, entre.

Il tient juste debout dans la pièce encombrée où surnagent deux lits de camp face à une baie vitrée inattendue. La luminosité est totale, la femme a de bonnes raisons de cligner des yeux.

— Ici, pas de gaz pas d'électricité, mais j'ai ce qu'il faut.

Elle déplie une table basse, sort couverts et assiettes dépareillées, navigue au milieu des cartons et étagères aussi à l'aise que si elle préparait un repas dans le loft d'un quartier branché.

— Ce soir, c'est tapas et sangria chez Palita. En me disant que tu allais venir, Laia m'a dit : «Occupe-toi de l'homme solitaire.»

Elle s'essuie les mains à sa salopette qui en a vu d'autres, se tourne vers Ioan, complète sa pensée.

— Excuse-moi, mais tu as plutôt l'air d'un homme sauvage. Ne crains rien, je te ficherai la paix. Je t'offre du calme et de l'espace. Et aussi du vin.

D'un revers du pied elle tire un tabouret, s'installe en face de lui, lève son verre.

— À ceux qui nous sont chers. Les miens sont restés à Baños de Agua Santa au pied d'un volcan d'Équateur, ils me manquent. À ceux que tu aimes aussi !

Ioan recule imperceptiblement, goûte la sangria et entame les tapas sans un mot.

Pourquoi ce retrait ? Elle ne lui demande rien. Quelque chose le trouble, peut-être la simplicité de cette femme qui ne brandit pas sa révolte comme Laia et n'est pas non plus dans l'insouciance des filles des Okupas. Il ne la rattache à aucune génération précise, elle lui a été aussitôt familière et c'est assez pour que se déclenche une petite lumière d'alerte dont il avait oublié la lueur.

Pour mettre les choses au point, il déballe sans nuances ce qu'il a sur le cœur.

— Laia m'aide à retrouver mon petit-fils qui zone dans Barcelone. Il s'appelle Valentin. Après on repartira ensemble en France. J'habite les Cévennes, c'est dans le Sud.

Palita vide son verre d'un trait.

— La mienne, c'est Angela.

— Comprends pas.

— Ma fille, elle est restée à Baños, c'est ma mère qui s'en occupe. Angela !

Elle a presque crié son nom.

Elle se lève, gagne le ponton, allume une cigarette, gestes lents, regard perdu dans le lointain.

Ioan met du temps avant de la rejoindre.

Tout en bas, les lampadaires couvrent les avenues d'écailles brillantes, la ville s'apprête à glisser vers la mer. Chacun à un bout du ponton, Ioan et Palita qui n'en reviennent pas d'en avoir tant dit en si peu de temps se replient sur leurs secrets. Dans les tours, les céramiques rendent des craquements furtifs comme des langues qui claquent. Les tôles de chantier vibrent sous de soudains coups de vent. Une chauve-souris de feutre fouette l'air. Dans l'ombre un cri perçant libère un tourbillon de plumes, « *ka-yak, ka-yak* ».

Il ne l'a pas entendue venir, Palita est à ses côtés.

— Le faucon est de retour, les pigeons s'affolent.

Puis le chant de la Sagrada Família reprend, sifflements acérés, bourdonnements sourds. Les courants d'air s'aiguisent dans le labyrinthe des escaliers en hélice, se déchirent aux colonnes des tours.

— Hier j'ai cru que ma cabane s'envolait. Dès que le

vent dépasse la force sept les ouvriers doivent évacuer la basilique. L'alarme a retenti, je n'ai pas bougé. Recroquevillée face à la vitre je me suis faite lourde. J'étais un escargot gargouille échappé de la façade de la Nativité et les anges trompettistes jouaient pour moi. Quand l'orage est venu, les cascades du ciel m'ont ramenée sur les hauteurs de Baños, j'ai pleuré de joie. Si tu ne crains pas les tempêtes, tu seras bien ici.

Elle a parlé à voix basse, accoudée à la rambarde comme Ioan.

C'est lui qui brise leur silence. Crainte d'être attiré par cette femme, peur de s'éloigner de Valentin.

— Tu travailles la pierre ?

— Pas tout à fait, je restaure les céramiques. Certaines ont déjà cent ans, des morceaux se détachent, usés par les intempéries, d'autres ont perdu leur vernis. Après une bourse des Beaux-Arts à Quito, je me suis spécialisée au musée d'une fabrique de céramique de Barcelone. Demain je te montrerai l'atelier de mosaïque de la basilique.

— Vous êtes nombreux à habiter sur place ?

— Quelques tailleurs de pierre logent près des ateliers du bas, dans les airs je suis la seule.

Léger temps de respiration.

— Je suis fatiguée, je vais me coucher. Il y a un duvet sur ton lit. Les toilettes de chantier sont au bout de la passerelle, attention, cent mètres ça ne pardonne pas.

Le tout a été dévidé d'un ton monocorde. Il préfère, les deux lits se touchent presque.

Ioan s'assied sur le ponton pour une dernière cigarette. Palita prépare sa nuit. La lumière découpe la porte de l'abri arraché à la pesanteur. Laia aimerait ce moment hors du temps. À l'infini le monde n'est qu'étoiles, la constellation Nijinski brille pour elle.

C'est allongé sur les planches que le trouvera Palita aux premières heures du jour, endormi. Elle le protégera d'une couverture et regardera longuement son visage aux traits tendus.

Un homme égaré dans un labyrinthe.

Ils sont descendus prendre leur *desayuno* dans une boulangerie. Pas de réflexion sur la nuit à la belle étoile de Ioan, des propos légers sur l'air frisquet. Avec la casquette réservée aux céramistes et le code d'entrée qu'elle lui a donné, il aura librement accès à la cabane dans le ciel.

Après un deuxième café ils tardent à se séparer, se réchauffent les doigts autour des tasses. Le quartier s'éveille, la lumière bascule. Quand ils se lèvent, Ioan remarque les yeux de Palita soulignés ce matin d'un trait bleuté.

Elle va à son atelier tailler des éclats de mosaïque vénitienne pour restaurer un médaillon de la tour Saint-Jude. Ioan part sur les Ramblas récupérer un morceau égaré de son puzzle familial. Tous deux sont confrontés à des histoires de pièces manquantes.

Peu de monde sur l'avenue légendaire. Balayeurs en vert et jaune qui aspergent la chaussée piétonne, fêtards atones, ménagères à cabas au marché de la Boqueria. Valentin doit en écraser dans un repaire du quartier.

Ioan reviendra vers midi, à l'heure où les chats en colère sortent des caves.

Il délaisse les Ramblas, s'enfonce dans le Barri Gòtic. Pour une heure ou deux encore Barcelone reste provinciale. Des boutiquiers nettoient leur bout de trottoir. Une étudiante fait son petit boulot et promène six chiens de race dont les laisses s'emmêlent. On étend du linge aux fenêtres.

Au débouché d'une ruelle déserte, la petite plaça Sant Felip Neri semble attendre le clap d'un metteur en scène pour s'animer. Tout est de pierre cirée par le temps, la fontaine octogonale, les pavés, la façade austère de l'église, le lion qui veille sur la maison de la confrérie des cordonniers. Deux platanes équilibrent le décor. Le banc est en attente d'acteurs.

Contrariant cet ordre lisse, le soubassement du mur de l'église est grêlé de profonds impacts. À droite du portail unique surmonté d'un oculus au vitrail pourpre, une plaque gravée attire l'attention de Ioan. Quelques lignes concises en catalan rappellent aux passants que le 30 janvier 1938 l'«*aviacio franquista*» a bombardé Sant Felip Neri. Quarante-deux personnes dont une majorité d'enfants ont été tuées.

Il se penche pour toucher du doigt les cicatrices du mur. D'autres images tragiques s'imposent, des ruines cadrées par son appareil photo dans le silence épais de drames du bout du monde. En contrepoint, dans la cour de l'école attenante à l'église, des enfants chantonnent. Il se surprend à chercher dans la mi-ombre la silhouette d'un gamin. Qui est cet enfant des marges qui apparaît et disparaît au gré de son errance ? Celui de la photo de Beyrouth au regard fixe ? Valentin pour qui il a pris la route ? Simon, son fils disparu ? Ou son

128

propre reflet d'enfant qui se dévoile peu à peu ? Il relit lentement le mot « *franquista* », l'ânonne – « *franquis-ta* » – et entend, comme sortant d'un souterrain à la résonance floue, les mots interdits de son enfance : « *traidor !* », « ton père était un rouge traître à la cause révolutionnaire catalane », et à nouveau « *rojos* », « *traidor* ». Sa mémoire se cogne aux parois du tunnel, refuse toute logique.

Sous les voûtes de la maison de la confrérie des cordonniers, un bar a sorti sa terrasse, deux tables, trois chaises. Ioan s'y réfugie avec la vague impression d'avoir un rôle à jouer dans un film sans partenaires.

Au moment de laisser la monnaie sur la soucoupe, il ramène du fond de sa poche une des douilles de la Rabassada, l'examine, la triture comme si elle allait dévoiler une vérité cachée alors qu'il n'a entre les doigts qu'une relique de collectionneur.

L'étudiant a parlé du Barri Gòtic pour situer la boutique du brocanteur. Elle ne doit pas être loin.

Ioan sait maintenant où il va.

C'est dans la partie la moins reluisante du quartier, entre un étal de bougies pieuses et un kebab, qu'il tombe sur l'échoppe de la Casa Vásquez.

Assis sur un tabouret au bord du trottoir, un thermos fleuri et un bol à ses pieds, le vieil homme protégé par un rempart de caissettes de revues, de livres et de cartes postales, lit un journal avec une loupe à manche de nacre.

Il ne bronche pas lorsque Ioan se glisse au milieu du capharnaüm et feuillette des magazines. À intervalles réguliers il sirote une gorgée de thé et il faut que Ioan tousse en insistant pour que le brocanteur s'intéresse à sa clientèle.

— *¿Que puedo para usted?*

Ioan répond en castillan qu'il est intéressé par des documents des années 36 sur Barcelone, qu'il possède quelques objets de cette époque, un surtout qu'il voudrait lui montrer pour avoir son avis.

— Vous êtes français, j'aime parler votre langue.

Le petit vieux qui se déplie n'arriverait pas au menton de Palita. Son corps tient debout grâce à son épais costume de laine. Tout est joliment daté, la cravate grise, les boutons de manchette, les plis marqués aux jambes du pantalon, le gilet croisé sous la veste. De son visage de pomme reinette lui aussi d'un autre siècle émane une étrange douceur. En contre-plongée par-dessus ses lunettes demi-lune, il observe avec bienveillance le grand gaillard aux cheveux clairs. Le premier client du matin, ça se respecte. Il lui propose du thé dans une tasse siglée d'une couronne royale tirée d'un lot dépareillé, regagne son tabouret.

Ioan pose la douille sur les genoux de Vásquez sans savoir exactement pourquoi ce geste spontané.

— Les munitions de la Rabassada arrivent en rafale ces jours-ci, dit simplement le brocanteur.

— Vous connaissez sa provenance?

— J'ai mis un étudiant sur la piste, un jeune gars pas méchant mais bavard et avide, il croit comme Colomb que l'or va jaillir sous ses semelles… même pas du cuivre monsieur, du laiton.

— C'est lui qui m'a donné la douille.

— Donner, ce n'est pas trop son genre.

Sa voix est faible, monocorde. Cet homme de grande

culture dira plus tard qu'à son âge, quatre-vingt-cinq ans, il faut éviter le mode interrogatif si l'on ne veut pas être aspiré par la spirale du doute.

Il poursuit.

— D'abord monsieur, une douille c'est pour le calibre au-dessus de 12,7 millimètres, au-dessous on dit « étui », et celle que vous avez entre vos mains provient d'un fusil polonais, un WZ 29 qui tirait des balles de 7 millimètres. C'est donc un étui.

Il est pris d'un rire de moineau qui le secoue, renverse un peu de thé sur son costume et termine dans un français châtié alors que Ioan s'accroupit à ses pieds pour mieux l'entendre.

— Je ne suis ni antiquaire ni chineur, je suis chercheur. Tiens, votre tasse, savez-vous que le lot que je vends provient de la maison de Son Excellence Don Juan Valentin Urdangarín y de Borbón, fils de la duchesse de Palma ? Et savez-vous pourquoi vous avez le privilège d'y tremper vos lèvres ?

Ioan se contente de hausser les épaules.

— Parce que les armoiries sont totalement fantaisistes et qu'avec de bons yeux on doit pouvoir distinguer dans un coin ou un autre « made in Taiwan » !

Son visage s'éclaire à nouveau.

— Elles étaient dans un lot tout ce qu'il y avait d'officiel, je me suis fait avoir. Comme quoi le vieux Vásquez a encore à apprendre. Toutefois, comme la monarchie en ce moment est en toc, qui sait, ces tasses seront bientôt cotées.

Rire de musaraigne, il reprend son calme, tend l'étui de laiton à Ioan.

— Excusez-moi, ma tête déborde d'anecdotes alors j'essaie de m'en débarrasser sur le premier venu, vous êtes mon cobaye du matin, jeune homme. Mais vous semblez attaché à cet étui.

Le coin s'anime, des badauds farfouillent dans les bacs de la boutique, Ioan hésite. Comment dire ce qu'il pressent alors qu'il ne peut le formuler pour lui-même? Et puis ce bout de trottoir n'est pas l'idéal pour des confidences. Le vieil homme le comprend.

— Entrez, nous serons plus à l'aise. Si on me vole une ou deux cartes postales, ce n'est pas très important.

Il trottine à travers un couloir de paperasse jusqu'à une courette claire où une chaise, un fauteuil de toile et un guéridon font pendant à un citronnier.

Il pousse le fauteuil à toucher l'arbuste, prend le temps d'extraire de la poche de sa veste un cigarillo torsadé, de le mettre en bouche, de l'allumer avec un lourd briquet d'argent, de le regarder comme s'il s'étonnait qu'il en sorte de la fumée. Ioan se sent piégé. Passer en quelques heures du ciel de la basilique au confessionnal d'une arrière-cour est une épreuve. Il cherche les mots pour s'en sortir mais *señor* Vásquez le devance, parlant bas comme s'il chuchotait aux fruits d'or.

— Régulièrement des collectionneurs viennent s'échouer dans ma boutique, attirés par la lumière du passé. Je vends des journaux anciens, des babioles d'époque, en Catalogne les témoignages des années de guerre, ce n'est pas ce qui manque. Des photos aussi, c'est un peu ma spécialité. Vous faites partie de ces drôles de passionnés mais vous avez entre vos mains une relique si redoutable que j'ai chargé l'étudiant de retrouver les dernières et de me les apporter.

Il tire quelques bouffées de son cigarillo, tourne la tête vers Ioan.

— Pas pour les vendre, pour les fondre dans le brasero que vous voyez dans le coin et jeter le résidu au fond d'un trou que je recouvrirai de terre. Car si vous gardez si précieusement cet étui, c'est bien parce que vous vous demandez qui pouvait bien tenir la crosse du fusil d'où est partie la balle. Et si votre pensée est prise dans cet engrenage il n'en sortira que des questions vaines, des demi-vérités et sûrement de la haine.

Ioan a tiré une chaise à ses côtés, l'étui tremble entre ses doigts. Le vieil homme cueille un citron.

— Sentez s'il vous plaît. Mes parents travaillaient dans une plantation d'agrumes en Andalousie jusqu'à l'avancée des troupes franquistes. J'avais sept ans à mon arrivée à Barcelone. Le parfum des fleurs à odeur de miel, l'acide de la pulpe, c'est ce qu'il reste des années de bonheur. Il faut cultiver les arbres, jeune homme, pas les rancœurs.

— Pourquoi la haine ou la rancœur ?

— Le sang mêlé des combattants nourrit les cactus de la Rabassada. Qu'ils soient nationalistes, franquistes, républicains, de la CNT ou du POUM, staliniens, trotskistes ou anarchistes, tous un jour ou l'autre y ont laissé leur peau. Alors pouvez-vous me dire dans ce tourbillon maudit où parfois les amis étaient entre eux plus cruels que leurs ennemis, pouvez-vous me dire QUI tenait *esta puta* de crosse du Mauser polonais ? Moi non ! Alors vous allez tout imaginer, sans doute le pire et peut-être avec raison, et vous ne vivrez plus. *Basta* jeune homme, brûlons les restes de la discorde.

Ioan se redresse d'un bond comme si une guêpe l'avait piqué.

Vásquez ramasse l'étui tombé au sol et en échange tend le citron à Ioan.

— Senteur d'Andalousie contre puanteur de la mort, je vous paie largement. Quel est votre nom ?

— Ioan.

— Ça vient du nord ou de l'est de l'Europe, ils étaient nombreux de là-bas à s'enrôler dans les Brigades internationales, des hommes dans la fleur de l'âge prêts à combattre les fascistes, les uns avec les groupes libertaires, les autres au côté des communistes. Qu'en reste-t-il mon Dieu, qu'en reste-t-il ?

D'un revers de main il chasse les nuages noirs, s'arrache à son mauvais fauteuil, trotte vers l'entrée du couloir, se retourne.

— Vous avez un drôle d'âge, Ioan, un âge entre deux, difficile, souvent les parents sont partis et les enfants sont ailleurs. Bonne chance, il faut que j'y aille, ils sont en train de dévaliser ma boutique, les femmes surtout, elles ont la main leste ! Ah, un cadeau, ajoute-t-il en saisissant un livre sur une pile branlante, des textes de toute beauté traduits en français. Maria Mercè Marçal, une militante violemment antifranquiste. Si ses poèmes vous plaisent autant qu'à moi, nous n'aurons pas perdu notre matinée.

C'est avec son rire de souris dans l'oreille que Ioan s'éloigne. À son tour de sourire avec malice, il a dans sa poche la deuxième douille. On ne se sépare pas de l'aiguille de sa boussole lorsque l'on sait que le chemin sera long et sinueux.

Les rues s'enchaînent sans qu'il y prête attention. Ioan se retrouve à la terrasse du café Liceu où le même garçon lui apporte le même *café con leche* que le premier jour et sert des touristes identiques à ceux de la veille et de l'avant-veille. Que Barcelone soit à présent jalonnée d'habitudes et de repères – bars, quartiers, lignes de métro, le parc Güell, la basilique – devrait le rassurer, il n'a eu de cesse dans sa vie de cadrer les lieux, que ce soit par ses photos ou par les tâches qu'il s'impose au mas. Mais s'il veut retrouver Valentin, il doit se mouvoir hors champ, être un homme des bas-côtés, sur le qui-vive. Il ne va pas se précipiter sur son petit-fils qui dort dans un squat, il va changer de rythme, susciter l'imprévu, être lui-même un rôdeur des marges.

Mains dans les poches, il tourne le dos aux Ramblas et s'enfonce dans le Raval.

Alors qu'il se croit momentanément allégé de toute contrainte, attiré par la vitrine d'une librairie, il pénètre dans le lieu le plus chargé qu'il puisse y avoir pour lui dans Barcelone, le Centre de Cultura Contemporània, vaste espace dédié à la littérature et à l'image. Il se rappelle que Gloria la cinéphile l'a incité à y aller voir des expositions de photos. Séduit par cette coïncidence il achète un billet d'entrée, et ce qui lui semblait être des heures de légèreté devient un détonant face-à-face avec le temps d'avant.

Le forum intérieur pavé de dalles en porphyre rosé où visiteurs et étudiants discutent au soleil s'étire entre l'ancien hospice et la façade de verre d'un bâtiment contemporain.

À l'étage, l'aile droite est consacrée à la photographie. La première salle est dédiée à Josep Brangulí, un photojournaliste de la génération et de l'importance de Capa. Ioan connaît son œuvre. Aux murs, des photos de Barcelone entre 1910 et 1945, des petits commerces de rue, des artisans à l'ancienne, des écoliers en blouse grise, une fabrique de poupées, des champs dans la ville. Puis, sans transition, des clichés de la guerre civile.

Ioan s'approche, lèvres serrées. Des cadavres profanés exposés aux marches d'un couvent au côté de leur cercueil défoncé, des défilés de gosses aux casques et aux fusils trop grands, des parades sinistres où les familles effarées regardent passer les vainqueurs aux bras tendus. Visages hallucinés, moustache de chef sur des joues d'enfant de chœur dans la grisaille des pellicules d'antan, autant de plans rapprochés qu'il s'est toujours interdit de faire. Il quitte la pièce comme on s'extrait d'un mauvais rêve. Quand il bute sur la porte close de la salle d'en face où pensait-il continuait l'exposition, son réveil est fracassant.

Sur l'affiche grand format d'un terrain labouré d'impacts de bombes est imprimé son propre visage d'il y a plusieurs années.

Avec en lettres grasses :

IOAN, una otra mirada

Il reste sidéré sur le palier, bras ballants, répète « IOAN, un autre regard ».

Sur la porte, un bandeau jaune annonce que la rétrospective est terminée depuis le début de la semaine.

Plus tard, lorsque cet instant lui reviendra en mémoire, c'est du tacatacata régulier de l'escalier roulant qu'il se rappellera, comme si on lui tirait dans le dos. De l'affiche, celle qu'avait vue Justin en couverture de magazine dans un bar de Lasalle, il ne lui restera qu'un vague souvenir.

Il redescend à pied, sonné. Les visiteurs sont tombés dans une trappe, il est le dernier survivant après un cataclysme à errer dans le Centre, avec une chair de glace et des os de cristal. Il se laisse aller contre la paroi de verre du forum. Au ras du sol les papiers gras font la ronde. Pigeons et moineaux s'ébouriffent. Un jus noir s'égoutte d'un gobelet de carton blanc. Sur les dalles, des cristaux tracent des figures géométriques.

Après un long moment d'hébétude, le monde reprend forme. Une fillette à genoux et sa copine tout en rose font des grimaces et des manières dans le reflet des vitres. Un couple d'amoureux feuillette un guide. Une femme en tailleur jaune rit fort au téléphone.

Sans qu'il y soit pour quelque chose son image l'a précédé dans la ville où il se croyait incognito, et dans une salle close du Centre le double du gamin de Beyrouth continue de veiller sur les ruines de la ville. Et comme si cela ne suffisait pas, les photos de Branguli réveillent la face cachée de son histoire familiale. Car avant d'être le grand-père de Valentin et le père de Simon, Ioan a été un fils. Tout banalement un fils. Celui d'un homme dont il se doute à présent qu'il a vécu à Barcelone, un père qui n'a pas passé sa vie à traquer des loups dans les steppes lointaines, mais qui s'est sali les mains dans les années noires de la guerre civile. Un père dont il ne lui reste comme lien tangible qu'un étui doré dans la poche de son pantalon.

Il traverse la librairie tête baissée. Quinze ans de silence et il est célébré comme un artiste mort.

À la terrasse d'un bar à parasols verts sur la plaça dels Angels il commande un vin blanc pétillant à saveur de citron. De son sac il sort celui que lui a offert le *señor* Vásquez, le fait rouler d'une main à l'autre comme une grenade prête à faire exploser la vérité de son enfance.

C'est en finissant la carafe de sangria que lui revient le nom du personnage du roman de Pieyre de Mandiargues. «Sigismond!» lance-t-il comme si ses voisins attendaient impatiemment d'en connaître l'identité. Le garçon croyant que ce touriste l'appelle lui propose «*una otra jarra*». Ioan acquiesce, il va noyer son spleen dans l'alcool avec le héros de *La Marge*. Comme lui, il n'est dupe de rien.

D'un geste de fin de bal il lève son verre à la cantonade et entame à voix haute la valse qu'il aimait danser avec Gina et dont il comprend à présent tout le sens: «Beau parleur chaque fois qu'il mentait».

Ioan organise sa descente aux Enfers. La nuit est tombée. Dans les recoins, pickpockets et malfrats affinent leurs plans. À vous frôler on vous propose de la came. Tapineuses et *rabizas* dévoilent leurs charmes. Au comptoir d'un café de la Rambla dels Estudis il boit d'un trait une *flauta cincuenta* – moitié bière blonde moitié bière brune –, descend deux *copas de vino* au coude à coude avec de grandes gueules sur le tabouret d'un bar à tapas, offre des *absentas* avec sucre et fourchette à des putes cubaines dans un bouge de la Rambla dels Caputxins avec qui il entonne «*Marinero ! Ay Marinero ! con el culo se gana el dinero !*». Naviguant parmi la foule, il continue à chanter en pensant à son père «Beau parleur chaque fois qu'il mentait !», car il sait maintenant que le héros de son enfance coiffé d'un bonnet en fourrure de renard bleu n'était qu'un petit homme de l'Est, marqué au front par l'étoile rouge sang des Soviétiques.

«Chaque fois qu'il mentait !», «*Traidor*», reprend-il en s'arrêtant devant la statue vivante d'un faux Picasso au parasol bleu rehaussé de poissons. Le gars est parfait, large short d'époque, chemise bigarrée sur un torse aux poils blancs, crâne dégarni. Hélas son regard est celui d'un vieil homme, pas d'un peintre visionnaire, et les petites Chinoises qui l'allument de leurs numériques en pouffant derrière leurs mains en éventail flashent un clown et non l'homme de *Guernica*.

La ville des faux-semblants, disait Gloria, des désillusions, pense-t-il. Qu'est venu chercher Valentin à Barcelone ? La vie rebelle des Okupas et les petits trafics ? L'amour ? Ou a-t-il atterri dans cette ville pour que Ioan fasse le chemin jusqu'à lui, rallume le flambeau des pères disparus et, d'un geste d'homme vivant, l'adoube ?

Un verre à la main – de quel bar vient-il ? – Ioan se pose au bout d'un banc où une famille espagnole admire ses achats, un canari en cage et le portrait au fusain de la fille. La mère se pousse, rouspète, puis entraîne sa smala loin de l'ivrogne. Ioan prend toute la place, allonge ses jambes, ferme les yeux.

Pendant qu'il repose, un ange s'est installé en face de son banc, de l'autre côté de l'avenue piétonne. L'ange doré qu'il avait remarqué le premier jour, le double parfait de la colonne de Siegessäule à Berlin. Sous sa tunique le mime tient la pose, couronne de laurier dressée à bout de bras vers le ciel. Ses ailes, il en jurerait, sont celles qui séchaient sur un fil entre les roulottes du chapiteau de Nou Barris. Le comédien est prisonnier de la gangue d'or, les quelques pièces jetées dans son escarcelle n'y changent rien.

Alors que Ioan tente de deviner son visage à travers les bandelettes dorées, une musique sort du socle sur lequel l'ange est juché. Une intonation si familière qu'il en est transpercé. Nick Cave dans *Les Ailes du désir*, le film de Wim Wenders où l'ange de Siegessäule tient le rôle principal, le rocker dont la belle trapéziste écoute le disque, allongée sur la couchette d'une caravane de cirque :

The carny left behind a horse all skin and bone
That he'd named Sorrow.

La musique s'arrête. Ioan se lève en titubant, fuit, s'interdit de se retourner.

Durant sa longue marche à travers la ville pour rejoindre la Sagrada Família, il est si sombre et si massif que les petites frappes qui guettent les hommes seuls l'évitent. Il dit et redit à tous les échos comme on psalmodie un mantra :

The carny left behind a horse all skin and bone
That he'd named Sorrow.

L'homme du cirque a laissé derrière lui un cheval à la
    peau sur les os
Qu'il avait nommé Chagrin.

Mais ni la sérénité ni la sagesse ne viennent. Ne reste que le chagrin.

Quand le monte-charge de la Sagrada Família le hisse enfin au sommet des tours, il tire de son sac le CD de Nick Cave à la pochette chiffonnée par l'orage. Du sable s'en échappe.
Penché jusqu'à la ceinture par-dessus la balustrade, il ajuste son geste face à la ligne d'horizon de la mer, et d'un fantastique lancer le catapulte dans les airs.

Le disque tournoie entre les pinacles de la nef centrale, heurte une corbeille de fruits en céramique, rebondit en vrille, monte, décroche, s'éclate en paillettes contre la cloche de la façade de la Gloire.

Ioan s'écroule sur les planches du ponton.

Réveillée en sursaut, Palita voit son visage dévasté, l'aide à rejoindre son lit de camp où il sombre dans un sommeil noir.

Le lendemain, lorsque Palita revient de l'atelier et tapote l'épaule de Ioan qui dort encore, une lumière crue illumine la baie de la cabane. Il est midi passé. Elle pose sur la table basse un thermos de café et des *entrepans* jambon et fromage.

Ioan va s'asperger le visage d'eau et revient, casquette sur la tête, traînant sa dégaine sur le ponton.

— Entre le bluesman camé et l'apôtre du portail de l'Espérance qui aurait reçu un *trencadis* sur la tête, j'hésite !

Elle se marre.

Il ne comprend pas de qui ou de quoi elle parle. Premiers mots avancés dans le brouillard.

— Trenca… quoi, tu as dit ?

— *Trencadis*, c'est un style de mosaïque créée à partir d'éclats de carreaux multicolores dont Gaudí s'est servi pour couvrir les surfaces courbes. Le cours de céramique se poursuit dans l'atelier d'en bas, si ça t'intéresse.

Il la regarde comme s'il découvrait qu'il y avait des gens qui ne faisaient pas partie de son histoire. Elle le fixe avec ce tic des paupières qui lui donne un air de papillon tropical, à l'aise dans sa salopette barrée de sa tresse indienne. Il ôte sa casquette, arrange a minima sa tignasse blonde, se fend d'un sourire.

— Merci, dit-elle, tire ton siège et viens sur le ponton, l'automne est si doux.

En mordant dans un *entrepan*, Ioan se demande ce qu'il va bien pouvoir laisser filtrer de sa journée d'hier sans se mettre à nu. Mais Palita le devance, elle a besoin de parler. D'un ton neutre, elle dit avoir reçu de mauvaises nouvelles. Il ne répond pas, son visage se ferme. Il ne sait pas s'occuper des affaires des autres et les pensées de Justin sont restées prisonnières de l'ambulance qui l'a conduit à l'hôpital de Nîmes : « Bon sang petit, accepte que quelqu'un ait besoin de toi, sors de ta prison de murets, comprends que tu peux aussi donner, ça épongera ta peine, c'est même le seul remède pour la soulager, donne au lieu de quémander et tu deviendras plus libre qu'un prince. »

— Je t'ai dit que ma mère gardait ma fille à Baños ?

— Angela ?

— Oui, elle habite au pied du Tungurahua, un volcan qui s'est méchamment fâché hier. Pendant l'évacuation de son village, ma mère a été rattrapée par des poussières ardentes, on l'a transportée dans un hôpital de Quito. Dieu décidera de la suite. Angela a été recueillie par des voisins, ils ne peuvent pas la garder longtemps.

— Son père peut-être ?

Il regrette aussitôt sa question.

— J'ai mis deux ans à le foutre dehors pour pouvoir retrouver ma liberté, je ne vais pas pleurer pour qu'il s'en occupe, il la voit tous les deux mois, ça suffit.

— Désolé.

— Tu ne pouvais pas savoir. Dans exactement sept

jours je serai à Quito, nous n'aurons pas eu le temps de nous encombrer beaucoup l'existence.

Un coup de vent bouscule les tasses, les cordes de la rambarde vibrent. Palita pose sa main sur le bras de Ioan.

— La basilique se rappelle à nous. Elle gémit, siffle, hurle de tous ses poumons, claironne. On vante l'architecture primitive et avant-gardiste de Gaudí mais quand tu vis ici tu comprends que cette église a été élevée avant tout pour faire chanter le vent. Les tours ont chacune leur tonalité, les courbes et les bosses des façades vibrent au diapason, la pierre et le ciment accordent leurs timbres, le bronze des portes monumentales sonne les graves, la céramique affûte les aigus. Il me reste une semaine pour t'apprendre la musique des anges.

Ioan se tait.

Palita dit les anges qui se cachent dans les niches de pierre pour souffler dans des trompettes, si nombreux qu'on n'arrive pas à se mettre d'accord sur leur nombre, elle dit les séraphins à trois ailes qui entourent la Nativité avec violon, basson, harpe, cithare, viole et pipeau, elle dit aussi le pari fantastique des quatre-vingt-quatre cloches tubulaires à injection d'air qui se glisseront dans l'espace central des escaliers hélicoïdaux. Ioan retient son souffle pour mieux entendre les chants de la Sagrada Família et son écoute apaise le renardeau des Andes.

Sur son lit d'hôpital, Justin s'endort heureux. Il vient de se rappeler le nom de l'homme du mas des Gordes : Ioan, un prince, sans aucun doute.

Elle l'invite à l'accompagner dans l'atelier collectif.

— Pas la peine de te présenter, tes mains parlent pour toi.

Elle s'en saisit, passe un doigt au creux des paumes.

— Tu grimpes aux falaises ou tu sculptes la pierre ?

— Quelque chose comme ça, je trimbale du granit, du schiste, des lauzes pour remonter des murets qui soutiennent les collines en terrasses par chez moi.

Elle dit sérieusement, sourcils froncés, que les personnes aux mains calleuses ont un regard fort sur le monde. Il n'ose lui avouer que s'il s'est réfugié dans un pays de pierres, c'est justement pour se couper du monde. Mais c'était il y a mille ans, ça n'a jamais existé. Il se sent plus proche de cette femme de la Sainte-Famille que de tous les fantômes de la sienne.

Des grues avec de gigantesques bras de levage, d'immenses toupies qui crachent du béton, la basilique travaille, cogne, grince, couine.

— Bravo pour la poésie du vent ! lance Ioan.

Elle lui explique en l'entraînant dans le labyrinthe des couloirs de liaison que ça dure depuis un siècle, qu'il y a plus de cent ouvriers en permanence sur le chantier et que pour que les gardiens puissent les identifier ils portent des casques de couleurs différentes, bleu pour les maçons, rouge pour les ferrailleurs, jaune pour les sculpteurs.

— Rien n'était prévu pour les artistes de la céramique, alors j'ai adopté la casquette *trencadis* sans en référer à personne. J'ai eu droit à de sacrées engueulades des gars de la sécurité, mais le jour où le chef de chantier est venu pour me foutre dehors, la chance était avec moi, le grand manitou japonais Etsuro Sotoo qui sculpte du Gaudí depuis trente ans fignolait une colonne palmier sur son établi, le front ceint de son bandana jaune. Il parle rarement. D'un seul coup de menton il a stoppé l'escalade des mots et l'autre a fait demi-tour. Depuis on m'a installé un local rien que pour moi et on me fiche la paix !

Dans le hangar de tôle de l'atelier collectif, une dizaine de compagnons s'activent. Pas de signes de leurs corporations, pas de symboles ésotériques, rien que de prosaïques extracteurs de poussière qui pendouillent du plafond comme des trompes d'éléphant. Rapides présentations, Lluis, Joseph et les autres, des artisans la cigarette au bec, penchés sur leur marteau et leur burin.

Le local vitré de Palita est en bout d'atelier. Elle installe tout de suite Ioan devant un établi, lui montre comment limer l'arête des céramiques avant de les assembler. L'homme des faïsses se sent à l'aise, retrouve les gestes qui lui permettaient de niveler et polir les pierres d'angle pour les ajuster au plus juste à l'arase des murets.

L'après-midi se déroule à parfaire un épi de blé du pinacle dont les deux rangées symétriques d'épillets ont été rongées par les intempéries. De temps à autre Palita glisse un mot, l'encourage, puis ils reprennent leur tâche minuscule, courbés sur l'épi qui rejoindra l'hostie et la grappe de raisins aux gros grains mauves prête pour le vin sacré du calice. Ultime touche, elle dépose au pinceau des paillettes d'or sur la tige pour que, selon les vœux de Gaudí, «l'éclair du jour qui tombe sur l'épi frappe en retour ceux qui entrent dans l'ombre du sacrifice qui peut être sanglant».

— Je n'ai jamais rien compris à cette phrase, dit-elle, le maître était mystique. Dieu soit loué, imagine ce qu'aurait donné un siècle d'architecture raisonnée !

Ioan qui tient précieusement la coupelle de paillettes d'or se contente d'un «sans doute», seuls mots qu'il prononcera jusqu'au soir.

Après un solide repas de *patatas bravas* et de *calamares* au bar du coin, ils reviennent à la cabane perchée.

Ioan s'installe sur le ponton, jambes dans le vide comme il le faisait au bord de la terrasse du mas. Apaisé par cette journée où ses mains pensaient pour lui, il suit les volutes de la fumée de sa cigarette en parlant à mi-voix : «Personne ne viendra me chercher ici, que ceux, morts ou vivants, qui s'agitent dans l'ombre de Barcelone pour me raccrocher à l'arbre des générations me fichent la paix, je suis en train de scier la dernière branche au ras du tronc.» Puis il rejoint Palita dans la cabane.

À leurs respirations, ils savent qu'ils ne dorment pas.

Assis jambes croisées sur le lit de camp, Ioan s'évade vers les lumières rouge et or de la ville qui l'affolaient le premier jour où il s'est accoudé à la balustrade de la Rabassada. Ce soir, elles lui sont familières. Comment peut-on se laisser apprivoiser si vite alors qu'on se veut clandestin ?

La réponse vient du lit d'à côté. Un frôlement. Palita s'installe dans son dos, l'entoure de ses jambes et dévide à son oreille des confidences à peine audibles pour qu'il se sente libre de n'en prendre que des bribes :

— Le sommeil ne vient pas, je pense à ma mère brûlée par les cendres… chez nous on respecte les volcans, le Tungurahua fait vivre les paysans accrochés à ses flancs comme des enfants à la jupe de leur mère coléreuse… heureusement il y a Notre-Dame de l'Agua

Santa qui protège la ville de Baños et les villages alentour... j'ai été élevée entre ces deux mères aux forces contraires, Angela aussi... mais je ne veux pas qu'elle oublie sa vraie mère de chair et d'amour, il faut que je parte la rejoindre... ce sont des histoires de femmes, de lignées, les hommes se fichent pas mal d'où ils viennent et où ils vont, ils chantent avec Neruda l'amour des marins « qui embrassent et s'en vont, laissent une promesse et jamais ne reviennent ».

Elle ajuste ses bras au torse de Ioan, resserre ses jambes contre ses hanches, pose sa tête sur son épaule. D'autres mots murmurés, en contradiction avec sa tendresse.

— Ne te laisse pas happer par l'appel des femmes, reste sur la crête des choses.

— D'où tu sors cette maxime ?

— Laia aurait tellement voulu être au cœur des pierres de Gaudí plutôt que les pierres soient en elle... elle m'en a dit un peu sur toi... juste un peu, ne sois pas inquiet.

Dans un ralenti où les gestes s'emballent, l'homme apprivoisé se retourne face à la femme douce, cuisses contre cuisses. Elle dénoue ses cheveux en corolle noire autour de son visage, fait glisser son T-shirt de nuit.

— J'aime tes mains Ioan, aime-moi.

Nus et légers dans le ciel de la Sagrada Família, il n'y a d'autre temps pour eux que le présent qui s'ajoute au présent.

Deux fois déjà que Palita laisse échapper l'éclat de céramique verte du médaillon qu'elle restaure depuis le matin. Si elle continue de bloquer sa respiration, elle n'y arrivera jamais. Mains en appui à l'établi elle souffle profondément, se redresse, gagne l'atelier.

Un gars qui trace l'ébauche d'une colombe sur un bloc d'albâtre arrête sa boucharde, lui fait un signe amical. Quelques mots techniques échangés, puis chacun reprend sa tâche.

À nouveau elle essaie de se concentrer sur le cabochon. Les lumières croisées des lampes irisent le plafond de reflets céladon. Elle pose la petite pince dont elle se sert pour les écornures, rebouche le tube de colle, s'assied sur un coin de l'établi.

Ses pensées sont pour Ioan.

Il lui a dit que c'est en palpant les pierres qu'il a appris peu à peu à monter les murets des Cévennes, il a tapoté du doigt les pièces de céramique, les a auscultées, s'est assuré des zones denses et poreuses, a commencé à les assembler bord à bord. Le soir, réfugiés dans la cabane perchée, ils se sont aimés. Jeux de mains, plaintes, fous rires quand le lit de camp s'est effondré et qu'ils ont cogné la vitre comme des papillons éblouis par leur propre lumière. Il peut la broyer d'une seule pression contre son torse et dans l'instant effleurer des lèvres la courbe de ses reins, il peut dire en français des mots tranchants qu'elle ne comprend pas et aussitôt lui murmurer qu'elle est son *pequeño zorro lindo*. Lovée contre son corps immense elle s'est laissé embarquer dans ses bras, a respiré l'odeur de leurs peaux après l'amour. En confiance elle a osé parler d'elle, lui a dit le regard si triste d'Angela à la douane de l'aéroport quand elle a quitté Quito, lui a dit le mal de la séparation et comment les soirs de déprime à Barcelone elle crache du haut du ponton après Dieu et Gaudí. Elle lui a dit qu'à son retour en Équateur elle va restaurer l'autel couvert d'or de l'église de la Compañia de Jesús à Quito, lui a dit l'appartement qu'elle va acheter à Guayaquil pour arracher sa mère aux colères du Tungurahua, avec un balcon ouvert sur l'océan où viendront chanter les baleines à bosse, elle lui a dit que le père d'Angela, «*este hombre cerdo*», la frappait et comment elle s'est défendue devant les juges. Il l'a écoutée sans l'interrompre. Elle lui a dit encore qu'il lui donne du plaisir et que ses mains sur son corps la rassurent mais a attendu qu'il s'endorme pour lui confier que dans sa campagne on disait de quelqu'un dont la présence éloigne les démons «qu'il était un prince». Hier il l'a une fois encore accompagnée à l'atelier. En habitué des lieux, il a trié les *rajoletas*, en a retenu deux dont les bleus d'eau s'harmonisaient à la pièce à réparer, elle l'a laissé faire. Quand elle lui a proposé d'aller dans une cantine voisine, il a semblé contrarié. Il n'en a pas dit plus mais quand elle a voulu lui faire goûter le *mel i mato*, spécialité du bar, lui tendant en toute innocence une cuillère de fromage blanc au miel, il a eu un geste d'agacement. C'est avant d'aller se coucher, appuyés à la rambarde d'où ils regardaient palpiter la ville lumière, qu'il l'a prise dans ses bras et s'est excusé sans dire exactement de quoi. Dans la nuit il l'a caressée du bout des doigts comme s'il craignait de se brûler, puis s'est endormi recroquevillé sur ses secrets. Ce matin, quand elle s'est réveillée, il n'était plus à ses côtés.

Palita émerge. Devant elle le même petit tas d'éclats de céramique. Pourquoi s'inquiéter, Ioan a laissé sur son oreiller un citron odorant et un message dont elle a retenu les mots :

Tu es si présente que j'en oublie Valentin. C'est aujourd'hui ou jamais que je le retrouve. Ce soir, nous serons deux et nous viendrons voir avec toi le vol du halcón peregrino.

À son retour elle sera là. Elle ajuste son masque de toile, boutonne sa salopette jusqu'au cou, enfonce sa casquette, et avec une meuleuse commence à rectifier les ébréchures des *rajoletas*.

Ioan s'est levé tôt, a laissé sur son oreiller un mot à Palita, s'en est allé plonger dans les Okupas éphémères du centre-ville. Après s'être heurté aux grilles soudées d'un squat familial rue Almagro, il s'est rabattu sur la Carboneria ouverte aux quatre vents. Scotchée aux murs une cascade d'annonces, bourse aux vêtements, atelier mime, stage vidéo, rencontre jardinage, garderie alternative, cybercafé, covoiturage, rendez-vous urgents ou manqués, mais pas le moindre indice de la présence de Valentin.

Il change d'horizon, bascule dans les rues encore sombres qui entourent la plaça de George Orwell, repaire de la défonce, avec la peur au ventre de tomber sur son petit-fils.

Il tente de glaner des informations, offre des cigarettes aux survivants du petit matin, manches retroussées sur des bras pathétiques. Une gamine aux yeux jaunes le conduit à un travesti du nom de Valentino, faux cils en déroute et mains tremblantes, qui lui conseille de déguerpir avant que les dealers de crack le prenant pour un indic lui fassent sa fête. Des Latinos tatoués comme s'ils descendaient d'une favela de Buenos Aires lui jettent de sales regards. Deux videurs de bars à cocktails débouchent d'une ruelle adjacente, Taser à la ceinture, ils les traitent d'« *idiotas de Sudakas* ».

Le cœur serré, Ioan quitte la plaça Orwell baptisée « *del Trippy* » par les toxicos. Il a besoin d'un visage sain, d'un regard complice. Dix minutes plus tard il est devant la devanture rouge et noir barrée d'une frise de cactus où officie Orwell. Il repère sa carrure de docker qui affronte mains dans l'évier une montagne de verres en équilibre sur le comptoir. La soirée a dû être chaude. Baffles à fond, il beugle avec Manu Chao :

Me dicen el clandestino
Por no llevar papel.

Ioan s'installe à une table où les mouches se disputent une coulée de bière. Un couple discute en pianotant sur leurs portables, une fille, iPod dans les oreilles, lit la presse. Le bar est en stand-by.

— Hello ! Un rouge cassis, c'est possible ?

Le Catalan s'apprête à envoyer balader celui qui s'est avancé jusqu'à lui, et l'apostrophe en français sur ses terres, lève les yeux. Court instant pour faire le point à travers ses mèches brunes, deux battoirs survolent le comptoir, s'abattent sur les épaules de Ioan dans un jaillissement de mousse.

— *Meu amic !* T'es revenu ! Qu'est-ce que tu me cherches avec ta boisson de communard, on n'est pas à Montmartre ! Depuis les Versaillais de Thiers il y a eu les phalangistes de Franco ici, t'es au courant ?

Il éclate d'un rire fracassant, demande à Ioan de l'attendre, il doit finir la vaisselle, c'est son tour.

— Sinon ça va chier, de la gestion collective on a vite

fait de glisser à la dictature des Soviets ! Méfiance ! Faut lire Orwell mon vieux, l'autre, l'écrivain de la division Lénine du POUM, quand il dénonce le plan des Soviétiques pour mettre la main sur la Catalogne. Si l'URSS n'avait pas piqué l'or de la République espagnole, on serait riches et je ne serais pas à faire la vaisselle comme un prolétaire !

Le raccourci est sans parade.

Quelques instants plus tard, il s'assied à la table de Ioan.

— Alors ami, tu as rencontré Laia ?

Silence hésitant. C'est de chaleur humaine dont a besoin Ioan, pas de paroles. Orwell insiste.

— Me rappelle plus, c'est un gars que tu cherchais ?

— Oui euh… à l'époque.

— Attends, ça fait tout juste une semaine, de quelle époque tu parles ?

Ioan recule les fesses au fond de sa chaise, contourne la question.

— Je débarquais à Barcelone, rien ne me paraissait d'équerre, je voulais repartir au plus vite.

— D'équerre ?

Il aurait mieux fait de se taire. Il tente une autre diversion, mains ouvertes pour montrer qu'il n'a toujours pas de verre devant lui. Le Catalan file derrière le comptoir, revient avec une bouteille entamée de *tinto* de Penedés, cherche le regard de Ioan.

— *Amic*, on ne vient pas chez les anars pour fermer sa gueule ! Ici les mots c'est comme des pavés, ils volent. Ils viennent même de loin, et en nombre. Un million nous étions à gueuler dans la rue en 36, un million et plus à prendre d'assaut les usines, à collectiviser l'agri-

culture, à gérer les transports, les hôpitaux, les biblio-
thèques. Nous avons ouvert des écoles sans curés,
remplacé l'armée par des *patrullas de control*, le cœur de
l'Espagne, c'était la Catalogne, fief du radicalisme anar-
chiste ! Notre pouls battait le rappel des travailleurs, de
la Cerdagne à Valence, d'Aragon à Málaga, de Gijón à
Ibiza !

D'un coup de poignet à jeter des grenades il vide son
verre, reprend, l'air sombre.

— Puis ça s'est gâté. Les caniches de Staline ont eu
peur qu'une révolution en terre d'Espagne échappe à
l'URSS, «elle effraiera les classes moyennes», disaient-
ils ! Début 37, les staliniens aux ordres de Moscou ont
décrété que l'abolition du capitalisme mondial n'était
pas à l'ordre du jour, qu'il fallait traquer les anarchistes
de la CNT et les trotskistes et ceux du POUM dont faisait d'ailleurs partie Orwell l'écrivain. Les frères d'armes
de la grève générale nous ont poignardés dans le dos !
Ils nous ont cassés, laminés, le front ouvrier antifasciste
a volé en éclats ! Alors, putain ! quand je vois que la jeunesse d'aujourd'hui reprend le drapeau noir, je suis trop
heureux d'être à leurs côtés. Plus jamais d'alliance de
circonstance. Seuls contre tous, libres et autonomes !
Nous occupons les rues, squattons les immeubles, cas-
sons les banques, affrontons les Mossos, rendons coup
pour coup ! Personne n'arrête la colère des chats noirs !
Dans notre bar, que mille cactus fleurissent ! Ce n'est
pas d'équerre ça, l'ami ?

Il ressert Ioan d'autorité, se charge d'une longue gorgée, prend le temps de saluer un groupe de jeunes qui
roulent des joints sur le trottoir, poursuit un ton plus
bas.

— Sûr que si tu crains le bancal, le sinueux, l'im-

156

prévu, Barcelone n'est pas pour toi ! Pourtant tu n'as pas l'air craintif, l'ami. Qui tu es exactement ?

Sa paluche claque sur le bras de Ioan qui ne bronche pas. Le Catalan lui dévoile en direct ses luttes comme hier Palita lui confiait ses espoirs. Il se retrouve au cœur d'émotions spontanées qui chamboulent ses défenses. Le moment est venu pour lui de mettre un nom sur ce qui l'a poussé à s'exiler sur toutes les zones de destruction de la planète, tête basse, yeux collés au viseur de son appareil photo et plus tard à se perdre dans la solitude des collines de pierre. Du plus profond de sa conscience remontent des mots qu'il abat sur la table avec la détermination de celui qui mise tout sur une seule carte.

— Dans ta vie, est-ce que tu as eu un père qui te regardait dans les yeux ?

Orwell marque le coup. On ne fait pas appel au père à la légère. Ioan n'a pas retiré son bras. D'un même mouvement les deux hommes se rapprochent de la table. À travers la vitrine du bar, les jeunes, intrigués, suivent les silhouettes qui se font face. Confidences, affrontement ?

Le Catalan n'esquive pas la question.

— Oui, quand mon père avait quelque chose à me dire il m'attirait contre lui, se mettait à ma hauteur d'enfant et plantait ses yeux droit dans les miens. Un filin entre nous, tendu comme celui qui lie un bateau au quai. Ses mots prenaient le chemin des yeux avant d'atteindre l'oreille, une confiance totale nous unissait. Ouvrier agricole, ça ne facilite pas la parole mais ça forge l'âme. Il cultivait la vigne pour le patron d'un domaine de la région de Villafranca del Penedés, savait tout juste écrire mais s'est saigné aux quatre veines pour que je fasse des études. Ses luttes, qu'il tenait de son propre père, ce sont les miennes. Oui, les hommes de chez moi n'avaient rien à se reprocher, ils avaient le regard haut. Tu as la réponse.

Il marque une pause, ne lâche pas le bras de Ioan.

Au-dehors, les jeunes assis sur le trottoir rigolent en comparant leurs tatouages. Des gaillards en pantalon et casquette de rappeurs, fils d'immigrés du sud des Amériques, provocateurs comme n'importe quel gars de banlieue. Dans le monde des faux-semblants, ils s'arrangent pour que leur image ait de la gueule et Orwell qui connaît leurs jeux d'esbroufe les a à la bonne.

Ioan ose un peu plus de paroles.

— Vous êtes pareils Laia et toi, comme si la rage de vos ancêtres coulait dans vos veines. Pour raconter vos luttes vous ne dites pas «je» mais «nous», comme si vous étiez le corps d'un seul être fabuleux qui traverse les générations en changeant de peau sans changer de sang. Je ne connais pas cette continuité du vivant, je vous envie. Quand on a cette force en soi, c'est qu'un père vous l'a transmise. C'est ce que je voulais dire.

— Et le tien de père, il se trouve où dans cette histoire?

Ioan retire vivement son bras alors que la main de feu du Catalan signifie simplement: «Laisse-toi aller, il n'y a pas de lieu plus idéal qu'un bar d'anarchistes pour balayer Dieu, Maître et Père!» Mais la crainte d'une vérité dont il ne sait où elle peut l'entraîner lui fait à nouveau différer la réponse.

— Ceux dont tu parles, ceux du POUM, de la CNT, du Parti communiste, ils combattaient tous Franco, ils étaient dans le même camp, non?

158

Orwell retient son coup de gueule, change de registre.

— La première fois que nous avons parlé, l'ami, rappelle-toi, c'était sur le trottoir d'en face, j'ai cru que tu cherchais la bagarre.

— Tu m'as même demandé si j'étais naïf ou si je provoquais.

— Exact. Eh bien j'ai la réponse aujourd'hui. Tu n'es pas naïf, tu es aveugle, tu vois le monde comme ces poissons des grands fonds privés de lumière qui un beau matin propulsés par un tsunami restent éblouis sur les galets avec des yeux morts. Mais *bordell de Déu*, depuis combien de temps tu vis dans les abîmes pour en savoir si peu ! T'es pas tout jeune, l'ami, t'as roulé ta bosse, les trahisons tu sais sûrement ce que c'est, eh bien, la *revolucio espanyola* c'est la même chose qu'un homme qui se serait fait trahir par ses plus proches amis. Attends, je n'en ai pas fini, quand on me lance là-dessus je suis intarissable, j'ai en moi les mots que mon père ne savait pas dire, d'être devenu prof ça m'a au moins servi à ça. Il n'y a eu en fait qu'un seul vrai été de résistance révolutionnaire, celui de 1936. Dans cette courte saison mon grand-père était de ceux qui ont pris d'assaut les casernes et organisé les collectivités rurales. Puis l'État républicain, le nôtre oui, notre «gouvernement de la Victoire», affolé par la poussée des nationalistes sur Madrid mais surtout noyauté par les staliniens et les communistes de chez nous, en a profité pour contrôler nos milices et les démanteler. Le siècle des révolutions trahies, dira Camus. Julio, mon grand-père, est tombé sous les balles d'un *rojo*, oui d'un rouge avec qui il avait partagé le vin de l'entente sacrée. Très exactement le 9 mai 37, traqué et exécuté avec quatre cents de ses camarades par les traîtres à la révolution que Staline avait envoyés en Espagne pour liquider ceux qui croyaient à la fraternité. Des traîtres à l'espérance. Et *matar l'esperança es pitjor que matar un home*, comprends-moi bien Ioan, tuer l'espoir c'est pire que de tuer un homme, c'est donner un coup de poignard à l'humanité tout entière ! Excuse-moi *meu amic*, j'en dis toujours trop !

— Non, je veux savoir ! lance Ioan, tendu sur son siège, ces traîtres à la révolution qui fusillaient leurs frères d'armes pendant que Franco gagnait du terrain, que sont-ils devenus ?

— Certains ont pris du galon dans le Parti, continuant leur chasse aux anarchistes, aux trotskistes et aux poumistes sous l'œil torve des services secrets soviétiques, d'autres se sont évanouis dans la nature à la fin de la guerre, essayant de se faire oublier. Dans la débâcle générale, c'était facile de trouver une planque en Europe. Que la honte bouffe le cœur de ces *traidors* ! Quand j'étais gamin mon père m'amenait sur les hauteurs de Barcelone pour me faire toucher du doigt l'infamie de cette époque, là où sans doute Julio son père avait été abattu, à Montjuïc, au Tibidabo, à la Rabassada.

« La Rabassada ! » hurle Ioan qui se lève d'un bond en renversant sa chaise. Il crie à nouveau « la Rabassada ! », et comme si le son extérieur lui revenait après une interminable plongée en apnée, il entend sa mère murmurer en lisant une lettre qui tremble au bout de ses doigts : « *Traidor* ? Lui ? Un traître ! Il a combattu ses frères ! Pourquoi, mon Dieu ? Qu'allons-nous devenir ? »

Ioan arrive au bout de son errance.

— Qu'est-ce qui se passe l'ami ?

Orwell n'a pas le temps d'en dire plus. Un groupe d'excités entre en se bousculant, guitare et djembé sous le bras. Ils viennent s'en jeter un petit dernier avant de mettre le feu à cette *puta* de mairie qui met exprès des aires de jeux pour enfants sur les places où les musiciens de rue ont leurs habitudes. Prétexte de merde, ça leur permet de ressortir de vieux arrêtés municipaux : « Interdit de boire de l'alcool, interdit de fumer, interdit de faire la manche à moins de trente mètres des enfants. » Les infos se croisent d'une table à l'autre, enflent. Avec l'interdiction des *botellóns* ils ne peuvent même plus s'éclater à boire dans la rue la tête dans les étoiles. La guerre est déclarée !

D'autres râleurs les rejoignent, improvisent sur un air de guitare « *interdicción ! interdicción !* », tapent dans le dos du Catalan, se servent en laissant des pièces sur le comptoir.

Le bar s'enfume, s'enflamme, se gonfle de rires et d'appels. Un petit râblé aux lunettes rondes alpague Ioan, lui explique qu'il l'a pris pour un curé défroqué, « tu comprends, avec ta bouille toute pâle », puis le laisse entre les mains d'une fille pulpeuse en jupe indienne, forte gueule qui hurle par-dessus les têtes : « *Tudo e possible !* » Ioan lui subtilise son bock de bière et gagne le comptoir où Orwell prépare des cafés à la chaîne.

Le Catalan qui le repère claque sa main à la sienne dans un énorme rire contagieux. Balayées, leurs confidences. Autour d'eux les jeunes se foutent pas mal de leur cours d'histoire du siècle passé. Au placard les pères combattants, les pères héros, les pères salauds, les martyrs et les traîtres, balayés les pères qu'on s'invente et ceux qui se planquent ! Qu'on ne vienne pas les emmer-

der avec les empreintes du passé. Un seul mot d'ordre :
«Dégagez, on arrive!»

Orwell ne saura jamais pourquoi son ami a hurlé par
deux fois le nom de la Rabassada. Il ne saura pas non
plus que pendant qu'il criait, sa main droite serrait dans
sa poche un étui de cuivre froid.

Le téléphone sonne dans le vide. Ioan insiste. En vain. En sortant du bar il lui est apparu évident d'appeler Laia. Il vient de comprendre le sens de ses mots jetés du fond de la grande pièce de sa villa : « Ceux que l'on cherche ne sont pas forcément devant soi. »

Elle ne répond toujours pas. Il espère qu'elle n'est pas sur le chemin du mausolée du Valle de los Caídos, un chapelet de grenades caché sous son plaid.

Assis sur une borne d'incendie au coin de la carrer D'en Robador, il pense avec tendresse à la pasionaria aux jambes de pierre. Elle aime les ballets russes, les symphonies, les légendes, il lui servira celle de l'homme qu'un périple à travers Barcelone conduit devant trois portes dont il possède les clés mais pas tous les codes et qui se demande s'il doit ouvrir la dernière qui résiste encore et d'où s'échappe une voix étrangère et pourtant familière. La salamandre qui sait tant de choses sur les passions mythiques lui dira peut-être les risques que prend cet homme à vouloir à tout prix mettre un visage sur cette voix. Il doit bien y avoir des romans lyriques qui parlent de cette chose-là.

Il s'obstine, pianote sur son portable. Rien. Il cherche

des yeux, comme à son habitude quand il est sous tension, un détail proche qu'il pourrait décortiquer du regard ou de la main, quelque chose qui le renverrait à une réalité tangible.

Que sait-elle de lui? Dès sa première visite elle lui a lancé une remarque qui l'a déstabilisé: «Tu ne m'as pas regardée une seule fois en face», comme si elle avait devancé l'échange qu'il vient d'avoir avec Orwell.

Il lui racontera aussi une autre histoire. Celle d'un enfant touché en plein cœur par un mot terrible lancé par sa mère: «*traidor*». Un enfant qui portera en lui, sans en comprendre la cause, la honte d'un père embrigadé par la politique stalinienne. Un enfant qui n'arrivera plus à ajuster son regard à celui des autres, et qui, devenu grand et photographe, choisira de se confronter à un monde sans visages.

Dans les ruelles adjacentes, le linge coloré qui sèche au vent d'une fenêtre à l'autre semble tenir les murs et donne au quartier un air de fête. Des notes de guitare en arpèges sortent d'un sous-sol, un chat roux s'étire au soleil, tout au bout un confetti d'horizon libère la mer qui miroite. La vie renaît à hauteur d'homme. Qu'a-t-il à faire de luttes civiles, de déchirements, de trahisons? Il n'a qu'à laisser tourner la planète à son rythme, la terre des Cévennes s'ajustera aux orages d'automne, les saisons feront leur travail de saison, la terre recouvrira les murets et ça ne dérangera personne. À qui d'autre qu'à Laia, femme d'eau et de feu, peut-il confier sa peur?

Il contourne les Ramblas par des rues tortueuses, rejoint la cathédrale, s'enfonce dans le Barri Gòtic.

Les lettres jaunes sur fond rouge de l'enseigne signalent la boutique Casa Vásquez.

Le vieil homme cerné de son bric-à-brac est occupé à ranger des vignettes dans un classeur. Il ne lève la tête, furieux, que lorsque le portable de Ioan se met à sonner. Le temps qu'il mâchonne une phrase pour fustiger la technologie envahissante, Ioan le devance.

— *Discúlpeme señor*, je suis désolé.

Il remonte ses demi-lunes, reconnaît Ioan. Son regard s'illumine.

— Je vous attendais, monsieur.

En français, avec sa voix feutrée.

Il se déplie, montre le couloir.

— Vous connaissez le chemin. Je prépare du thé et je vous rejoins.

Dans la cour le citronnier monte la garde. *Señor* Vásquez revient avec un plateau.

— Vous m'avez imposé votre sonnerie, je vous impose le rituel du thé !

Il part de son rire de canari, ajoute :

— On ne boit pas plus de thé à Barcelone que de

sangria à Londres, alors vous comprenez, quand j'ai quelqu'un sous la main... asseyez-vous.

Ses lunettes qui glissent au bout du nez lui donnent un air de taupe mais Ioan ne se détend pas. Dans sa tête cent questions pour une unique préoccupation, approcher au plus près la vérité sur son père. Il ne sait par où commencer, sort une phrase lourde.

— Vous disiez que des hommes de l'est de l'Europe avaient rejoint les Brigades internationales ?

Vásquez continue de remplir les tasses. L'a-t-il entendu ?

— De la véritable porcelaine celles-ci. Manufacture royale de Madrid. Cadeau du propriétaire des plantations d'agrumes pour les noces de mes parents. À l'époque, les maîtres se piquaient de bonté pour les ouvriers. Des tasses à café bien entendu, mais l'essentiel est qu'elles continuent à servir, même du thé. La continuité, ce n'est pas de reproduire le passé à l'identique, c'est de le prolonger. Ça aide à admettre que le passé rêvé ne revient jamais. Comment vous le trouvez ?

— Excusez-moi, trouver qui ?

— Le thé voyons, c'est un vieux compère chinois de la carrer Gran de Gràcia qui me le livre. Du Yunnan.

Ioan est sous tension. L'ombre du père envahit la courette, le citronnier porte des grenades, et le brocanteur lui parle de la saveur du thé.

Il ajuste ses boutons de manchette, tire son fauteuil vers un rai de soleil, se tourne vers Ioan.

— Après votre départ l'autre jour, je me suis dit que votre visage ne m'était pas tout à fait inconnu. J'ai mis un moment à y mettre un nom. En rangeant des cartes postales du Barcelone des années trente je suis tombé sur une photo de travailleurs aux champs, là où se trouve à

166

présent le jardin botanique de Montjuïc. Le vieux cliché était de Brangulí, une copie, les originaux sont hors de portée pour moi. Je me suis souvenu de ceux exposés dans la galerie du Centre de culture contemporaine et de la salle qui lui fait face. Le déclic s'est fait.

Buste raide sur sa chaise, Ioan reste figé. Il connaît la suite. Contrairement à ce qu'il croyait, les photos ne sont pas des impasses, elles ressurgissent un jour ou l'autre dans le bac d'un vieux collectionneur avec leur lot de mémoires. Il pensait sillonner la ville incognito, repartir sans laisser de traces, mais son portrait est placardé dans tous les centres culturels catalans. Si le passé ne revient pas il ne se gomme pas non plus, c'est dans cet espace incertain que les hommes s'évertuent à ajuster leur vie.

Quand il reprend pied dans le calme de ce jardin de curé, le fauteuil de Vásquez est vide. Des pas trotte-menu dans le couloir, le revoilà, des journaux sous le bras.

— Je vous ai laissé tranquille, vous sembliez ailleurs. Vous savez, je ne voulais pas être indiscret, mais votre photo est dans les magazines. Regardez.

Il étale les revues sur le guéridon. «*IOAN, una otra mirada*» barre les couvertures.

— Ne lisez pas, ils ont romancé votre vie, vous n'aimerez pas. – Il marque une pause, ses yeux sourient de bonté. – Votre exposition en contrepoint de celle de Brangulí est une idée merveilleuse. Deux facettes du réalisme, lui en direct, vous en décalage pour révéler l'empreinte des drames plutôt que de les représenter. Vous avez fait un travail magnifique Ioan, vous êtes un homme bien, n'allez pas vous perdre dans les trous noirs de la mémoire. Votre nom complet, celui de votre famille, de votre père, est imprimé sur les pages de ces magazines. Il figure aussi dans ce carnet.

Parmi les revues, un calepin rouge.

Ioan le reconnaît, l'étudiant l'avait récupéré sous une dalle de l'hôtel de la Rabassada. Vásquez lui offre le code de la dernière serrure.

Le brocanteur saisit le carnet sans se presser. L'élastique du fermoir est détendu, la tranche des pages a jauni. Une simple traction et il s'ouvrira comme un accordéon.

— L'étudiant voulait le jeter, car il n'y a rien d'autre dans ces pages que la comptabilité méticuleuse et froide d'une liste de noms.

— Des comptes à régler ?

— On pourrait le dire ainsi si ce n'était si dramatique. La liste des…

Ioan se tend vers lui, termine la phrase.

— Des exécutions ?

— *Sí, ejecuciones.* En mai 1937, la période la plus sombre de la révolution espagnole, l'alliance antifranquiste vole en éclats, les imprimeries des journaux anarcho-syndicalistes sont fermées, les critiques vis-à-vis de l'URSS sont interdites, le POUM est déclaré illégal, les règlements de comptes entre les frères rouges commencent.

Ils restent face à face, interdits, comme si les culasses des Mauser de la Rabassada claquaient à leurs oreilles.

Vásquez se lève avec difficulté, frotte longuement l'écorce d'un citron, se tourne vers Ioan.

— Faites comme moi, l'odeur des fruits d'or pour couvrir le relent des charniers, un geste dérisoire contre l'absurde mais un geste tout de même. Je n'en ai pas fini. Il y a, dans ce petit registre de campagne tenu à la va-vite, entremêlés, les noms des suppliciés et les noms de ceux qui commandaient les exécutions. On y relève celui de votre père. Maintenant, c'est à vous de décider. Ou vous voulez en savoir plus et je vous donne le carnet, ou vous le laissez fermé et je le reprends.

Les mains de Ioan sont de braise. Il se revoit tenir tête à ses copains qui revenaient de la foire, peluche dans les bras, sucre rouge sur les lèvres. Pour cacher sa solitude il riait plus fort qu'eux, se moquait de leur après-midi papa gâteau. Intrigués, ils finissaient toujours par lui demander de raconter comment son père chassait les loups des steppes avec comme seule arme un épieu à la pointe d'ivoire de mammouth. Les pères de légende ne sont pas des salauds, ni des traîtres. En un instant il décide que le sien restera à tout jamais le héros de ses rêves d'enfance, coiffé d'un bonnet en renard bleu.

Vásquez est suspendu aux lèvres de Ioan comme si sa propre survie en dépendait. La réponse tombe :

— Le carnet est à vous, gardez-le.

Les murs de la courette libèrent un espace infini et Vásquez s'élève dans les airs criant à qui veut l'entendre que l'oubli est un linceul de soie. Il se ressaisit, cherche fébrilement sa boîte de cigarillos, en offre à Ioan. Son regard est embué.

— Ne regrettez pas le temps qu'il vous a fallu pour aller vers votre père, Ioan, les bons cadrages ne sont jamais spontanés, vous en savez quelque chose. Même Capa, vous ne l'ignorez pas, a fait rejouer la scène mythique du résistant tombant sous les balles. La vérité est si proche de l'illusion qu'il y a peu d'avantage à faire le tri.

Surpris par son ton professoral, il s'arrête.

— Incorrigible petit brocanteur qui se donne des airs d'universitaire !

Son rire en chapelet. Un cadeau.

Ioan le lui dit, yeux dans les yeux. Vásquez se trouble, crachote sa fumée, devient grave.

— Avant de partir, aidez-moi, tenez mon briquet s'il vous plaît.

Il va au fond de la cour où est rangé le brasero, le carnet rouge au bout de ses doigts.

— Il s'enflammera facilement, les feuilles sont aussi cassantes que des fougères sèches.

Ioan imbibe le carnet d'essence à briquet et sans hésitation fait claquer la molette. Des flammes bleues. Les feuilles se tordent, emportent leurs secrets.

Le vieil homme est ému aux larmes.

Ioan le voit triste.

— Vous n'auriez pas un petit alcool fort ?

Vásquez se reprend, cligne des yeux.

— Vous avez raison, pas de nostalgie, venez dans mon antre.

Le brasero s'éteint sur un fond de cendre grise.

Deux tabourets, deux verres de *coñac* posés sur des cartons au milieu de la boutique, des sourires complices. Le rose monte aux joues du brocanteur, sa parole se libère.

— Vous l'ai-je dit Ioan, vos photos sont terribles, elles nous obligent à être le témoin calme d'un monde dévasté. Votre choix nous rend responsables de l'état des lieux, alors que mis en face de corps en souffrance nous ne le serions pas car la barbarie trop évidente est toujours l'affaire des autres. Tandis que dans un paysage de désolation nous n'avons plus de repères pour nous débarrasser de notre culpabilité et nous errons sans fin. Vous touchez du doigt le destin des hommes, Ioan.

Le vieil érudit voudrait être seul pour savourer le souvenir de cette journée, mais il n'en a pas tout à fait fini.

— Dans le silence des ruines que vos photos dévoilent, ne rôdent pas que des fantômes.

Ioan est prêt à tout entendre.

— L'une d'entre elles, accrochée au pilier central de la salle d'exposition, m'a spécialement touché. «Prise à Beyrouth», disait la légende. Sur un tas de gravier, en marge du cliché, un gamin me fixait, mince silhouette déformée par la courbure de ma loupe. Le seul être vivant de toutes vos photos exposées. Cet enfant des ruines au regard incertain est porteur à lui seul de toutes nos impasses. Il est vain de vouloir organiser le monde, il y a toujours un coin qui nous échappe.

Ses mots ne sont plus qu'un souffle, son menton touche le premier bouton de son gilet croisé.

— Laissez la vie renaître en vous Ioan, vous n'êtes aucunement coupable de ce que d'autres ont commis. On n'hérite pas de la faute de ses parents, pas plus que l'on ne détermine l'avenir de ses enfants.

Ses yeux fermés coupent court à toute réplique.

Avant de se retirer Ioan souffle un merci si doux que la joie revient au cœur du vieil homme qui repose.

— *Gracia mucho, hijo*, laisse-t-il échapper.

La sonnerie au seuil de la boutique de Vásquez, c'était Palita. Rendez-vous dans un bar alternatif de la Rambla del Raval, le quartier des Pakistanais et des Nord-Africains.

Ioan débouche sur une large avenue à odeur de friture où à grand bruit, des jeunes en short entament une partie de cricket. Il n'a pas à chercher longtemps, le bas de la Rambla est barré d'une foule en fête agglutinée devant une maison bourgeoise peinte sur ses cinq étages.

De la porte d'entrée encadrée d'un arc-en-ciel surmonté de la devise altermondialiste *Otro mundo es posible*, partent des fresques ésotériques, étoiles et comètes dans des spirales mauves, œil de cyclope, volcans enneigés sur fond de paysages paradisiaques, arbre de la sagesse dont les branches soutiennent les balcons barrés de slogans antifascistes avec l'inévitable visage christique du Che. Pas d'exclusivité de la pensée dans ce squat de longue date, étendard rebelle planté face à la tour ovale de l'hôtel Barcelo Raval avec son hall de marbre, son bar à cocktails, ses machines Nespresso et ses chargeurs d'iPhone. Demain le quartier désossé n'aura plus que des morceaux nobles à offrir aux acheteurs, la gentry s'en régalera, le bon peuple sucera les os.

Les manifestants qui préparent la mégateuf où l'a convié Palita reviennent de mettre à mal les vitrines d'une agence immobilière du côté du Clot, taguant au passage un McDo et un Starbucks Coffee, symboles du capitalisme débridé qui plombe la capitale.

Deux gaillards sur échasses, torse nu et nœud pap, miment les exploits du jour. Grandiloquence et dérision. De lourdauds ronds-de-cuir courent sur place après des archives que le vent disperse, chaises et bureaux valsent, «victoire, camarades!» balancent-ils dans un porte-voix, «logement pour tous!» répond le public chauffé à blanc. On applaudit, on siffle, on danse. Des filles aux perruques bleues font partir des grillades de merguez dans un nuage de fumée solidaire. «*Con los desalojados, todos!*» chantent-elles en se déhanchant, «ensemble avec les expulsés», reprennent les Indignés.

Ils sont tous là. Les Okupas de la Casa de la Muntanya, ceux de l'Ateneu de Cornella et de Viladecans, de la Calama et de Can José. Avec Valentin peut-être. Mais aussi des retraités qui cognent sur des casseroles, des femmes avec des masques de chat qui swinguent avec leurs bébés rigolards à bout de bras, les ouvriers d'une usine délocalisée qui brandissent des drapeaux rouges.

Sur le trottoir, un groupe rock s'installe.

Ioan dérive dans la cohue. Soudain une main dans la sienne.

— Les grands comme toi se font repérer, moi je me faufile.

— Palita!

Un foulard de tête affûte son visage. Elle lui sourit. Dents de renard.

— Regarde ton cadeau !

Dans les plis de son turban, le citron découpé en rondelles.

— Contre les lacrymos, y a pas mieux.

Il la soulève dans ses bras, tourne avec elle.

— Valentin n'est pas avec toi ?

— Par les réseaux sociaux il a toutes les infos qu'il faut pour rejoindre son *abuelo*, à lui de jouer.

Elle ne le lâche pas, jambes en tenaille à sa taille.

— Et s'il ne vient pas, tu l'attends encore ?

— Non, je pars demain.

— Tu as trouvé ce que tu cherchais ?

— Au-delà même. Sauf lui.

Un temps d'hésitation. Il ajoute :

— Mais il y a toi.

— Chut, que des mots légers Ioan, mon avion c'est demain aussi.

Elle place sa tête contre son torse. Sa voix, une caresse.

— C'est bon, il y a tellement de haine partout. Viens boire, on fait la trace.

À coups d'épaules ils gagnent une buvette où des gars chevelus, foulards noirs noués autour du cou, servent des bières dans des gobelets. L'Équatorienne salue, fait des bises. La sono annonce le groupe Murtra.

— C'est la fiesta d'après manif que préparait Laia ?

— Oui, elle doit être au bar, je vais lui dire que tu es là, attends-moi.

Guitare et synthé en décollage de Boeing. Surprenant. Les jeunes se déchaînent, sautent, lèvent le poing, hurlent le nom des rockers.

Palita de retour, hissée sur la pointe des pieds, lui glisse à l'oreille ce que les filles de Quito susurrent de toute éternité à leur amoureux : « *Besame mucho como si fuera esta noche la ultima vez.* »

— Ma grand-mère et ma mère le chantaient, je l'apprendrai à Angela qui la chantera à sa fille. Chez nous, ce sont les femmes qui transmettent. Viens, Laia veut te voir.

Elle reprend à tue-tête le couplet, l'entraîne dans une danse de « *la ultima vez* ».

Les costauds du service d'ordre les conduisent à l'arrière-salle du bar. Tassée sous son plaid bariolé, Laia les regarde arriver. La lumière du plafonnier lisse sa chevelure noire et dévoile les ravages de la tache bistre sur son visage. Seuls ses yeux s'animent dans le masque granuleux. Sa voix rauque faite pour enflammer les combats est terriblement lasse.

— Tu te souviens du proverbe catalan à notre première rencontre « *I demà qui sap ?* », eh bien demain est déjà là, à la prochaine crise je me tairai pour toujours.

La présentation est sans appel.

— Ne fais pas cette tête mon ami, rappelle-toi, *un que cau, un que s'eleva*. La relève est assurée, ils sont venus en nombre et déjà préparent la prochaine marche pour la gratuité des transports, Ligne Zéro, ça claque hein ?

Il fait deux pas vers le fauteuil, pose ses mains sur les genoux de la salamandre. La couverture est froide.

Glissement de pas furtifs dans leur dos, claquement de porte. On les protège, les laisse seuls.

Les lèvres de Laia bougent à peine.

— Tu as retrouvé ton petit-fils ?

— Tu es la deuxième personne à me le demander ce matin.

— Parce que tu dis vouloir revenir avec lui, non ?

Il tire une chaise, s'assoit à sa hauteur. Un léger déclic, un sifflement mécanique le long du fauteuil.

— Une pompe à morphine, le minuteur n'oublie jamais l'heure.

Comme si c'était de peu d'importance elle poursuit à son rythme.

— J'espère que celui dont tu portes le nom te laisse l'âme en paix.

— Comment peux-tu savoir ?

— Quand un homme de ton âge vient à Barcelone régler une affaire de famille, l'histoire de l'Espagne le rattrape, la ville est tout ce que tu veux mais pas innocente. Dans ta lignée d'hommes il manquait le père, je n'en sais pas plus que cela. Donne-moi à boire s'il te plaît.

Son cou est raide. Il s'y reprend à deux fois, essuie sa bouche, tapote son menton, elle s'énerve.

— Pas d'assistance aux agonisants, Ioan, je ne me pisse pas encore dessus et la croix du Valle de los Caídos est toujours debout. Des gestes de vie s'il te plaît.

Il redouble de maladresse, mouille le plaid. Elle rit, un hoquet du fond de gorge. Ses yeux cherchent ceux de Ioan. Il approche son visage à respirer son souffle. Exit le rock, les cris, les pétards, les corps en transe, eux seuls dans une bulle, rejetons de parents de la guerre, enfants des mémoires tronquées.

Laia tente d'affermir sa voix. D'y mettre toutes ses forces. Son corps tremble.

— Écoute-moi bien et emporte ce que je vais te dire dans tes montagnes. Enfouis-le sous des tonnes de pierres, personne ne doit savoir. Promets-moi Ioan.

— Je te le promets. Pourquoi tu me choisis ?

— Nijinski. Tu m'as fait danser avec les jambes de l'espérance, un cadeau que je n'oublierai jamais.

Sa respiration de forge, son corps qui lutte. Des secrets, impossibles à dire. Pourtant elle les dit. Comme on se débarrasse d'une glaire.

— Le miracle de ma naissance, je le dois aux couilles d'un fasciste. Ma mère a été violée. En prison. Tais-toi s'il te plaît.

Comment pourrait-il parler ?

— Nul ne sait que mon sang est fait du supplice de ma mère et de la honte de mon père. Les pierres Ioan, promets-moi, le secret des pierres.

Il n'ose la toucher. Aucun geste ne peut éponger le vomi des mots. Venue de nulle part, la voix fluette de Vásquez en contre-chant : « Vous n'êtes aucunement coupable de ce que d'autres ont commis. » Alors il relève la tête, approche sa bouche si près de celle de Laia que sa voix vibre sur ses lèvres avant qu'elle ne l'entende.

— Il y a toujours eu des femmes que rien ne faisait taire, écoute ces vers tirés d'un livre que m'a offert un vieil ami : « Je rends grâce au hasard de ces trois dons, être née femme, de basse classe, de nation opprimée… »

— « … et de ce trouble azur d'être trois fois rebelle », comment connais-tu Maria Mercè Marçal ? Elle m'était si proche, disparue il y a peu, mais toujours présente, à mes côtés… Maria Mercè.

De toute son énergie elle tire sur les pans de la couverture, en extrait son bras droit. Son poing se lève pour finir en baisers du bout des doigts. Une infinie tendresse.

La porte s'entrouvre. La musique s'engouffre. D'un signe vers ceux qui entrent, Ioan demande quelques minutes encore.

— Je pars demain, Laia.

— En paix?

— Presque. Valentin…

— Ne l'oublie pas, il t'a conduit à Barcelone, tu lui dois beaucoup.

Le groupe d'amis revient en force, précédé d'un énorme bouquet de fleurs comme pour un final d'opéra. Il les repère tous, la carrure d'Orwell, l'évanescente beauté de Gloria dans une robe de mousseline verte, Cloé au lézard bleu tatoué sur l'épaule avec sa copine une bière à la main et plus de vingt autres encore.

On fête Laia, Ioan s'éclipse.

Sur la mue patchwork de la salamandre, une dernière teinte connue d'eux seuls, l'azur rebelle.

Un duo palestinien a pris la relève, oud et percussions. Les voisins du squat sont descendus, l'heure n'est plus aux slogans, Pakistanais, anars, Marocains, Catalans, Latinos, Indignés trinquent à la fraternité. À l'autre bout de la Rambla, les Mossos doutent.

Quand il retrouve Palita, il la serre si fort qu'elle s'en étonne. Sous ses doigts, sa peau élastique, chaude, vivante.

Puis la foule les presse. Rendez-vous après la fête, à la cabane perchée.

Nuit des fauves. À l'autre bout du quartier sur l'enfilade des Ramblas qui mène à la mer, les détrousseurs, crocheteurs, passe-murailles, mains lestes et rois de l'entourloupe filent les touristes dans l'ombre. Bagasses, abatteuses et trotteuses sortent le rimmel fluo et les seins de combat. De Canaletes à Caputxins, les jongleurs, équilibristes, cracheurs de feu et hommes-statues mettent la zone piétonne en coupe sombre.

Ioan se faufile entre les corps en sueur, revient sur ses pas, enfonce sa casquette bariolée jusqu'aux yeux, se courbe, va s'asseoir sur le banc de la veille, attend que des badauds fassent écran, relève lentement le front.

Face à lui, dans sa tunique d'or, l'ange auréolé dresse sa couronne de laurier vers un ciel de paillettes.

Dialogue muet.

« Les bandelettes ne m'empêchent pas de te voir, ta casquette c'est pas le top mais c'est bien toi sacré *abuelo*, à un moment j'ai craint que tu ne reviennes pas, dernier souvenir tu me portes sur tes épaules près de la mer je ne sais plus ce qu'on faisait là-bas j'avais un peu peur, je suis heureux que tu sois là, tu parais ému Ioan, ton visage tout en longueur est fatigué, faut dire que tu ne te ménages pas, mes potes te signalent un peu partout dans Barcelone, on t'a même vu prendre un taxi sous des trombes d'eau, tu me cherches, je sais, ma mère, c'est quand je suis loin qu'elle s'inquiète, elle n'a jamais voulu qu'on aille te voir dans tes montagnes, elle disait que si t'avais mieux tenu ton fils il ne serait pas allé faire le malin sur son bateau pour finir au fond de la mer, je ne comprends pas tout, je ne vois pas comment tu aurais pu dévier la tempête qui a emporté mon père, mais ma mère elle a eu trop mal, elle en veut au monde entier, la maison était irrespirable je suis allé voir du côté de Barcelone, Cloé m'a averti, un baroudeur au regard sombre elle m'a dit, pas faux t'as une belle gueule, oh là, je commence à trembler, je me déconcentre, à plus tard, je ferme les yeux. »

« Tu es Valentin, j'en suis certain à présent, sans doute parce que mon petit-fils je ne le vois pas autrement qu'en ange d'or, le réel et moi tu sais, en voilà une histoire, maintenant que je t'ai retrouvé qu'est-ce que je vais faire de toi, et cette femme qui touche ta tunique des fois qu'il lui reste de la poudre d'or sur les doigts, bravo le petit battement d'ailes, tant d'élégance pour quelques pièces tu es un poète, tu me plais, tu m'as fait courir, ce n'est pas trop de mon âge d'écumer les Okupas, la dernière fois qu'on s'est vus tu t'accrochais à mes épaules, tu m'appelais Ian, il n'y a rien à dire pour Simon, il nous a laissés sur la grève, sonnés, la faute à qui à quoi, ta mère, rien à dire non plus, chacun s'arrange avec sa peine, tu as pris le large question de survie sans doute, fais attention Valentin j'en ai vu des paumés dans cette ville, toi tu es autre, un ange qui chante que l'homme du cirque a laissé derrière lui un cheval nommé Chagrin. »

« Tu es mieux sans casquette Ioan, cheveux clairs comme moi, mon père était brun c'est bizarre l'héritage, je n'ai pas envie de rentrer, si un jour tu croises Ricardo tu comprendras, un homme fort qui m'a accueilli, fait confiance, j'ai vite appris, l'ange doré par contre c'est de moi, une vieille carte postale de Berlin chez ma mère, je gagne ma vie ici, j'ai des tas d'amis, Barcelone c'est génial et j'aime une fille, pas Cloé t'as compris, une fille d'ici, je te promets nous irons te voir cet hiver, les Cévennes il me semble, mon père j'y pense parfois mais c'est lui qui est parti en premier, pas moi, attends je tourne légèrement ma tête, ça y est, les yeux dans les yeux, on est proches, il faut que je te dise, c'est bon de savoir que le père de mon père est venu me chercher, c'est de la vie, merci Ioan. »

« Comment fais-tu pour tenir sous ton déguisement, je suis resté des siècles loin de toi, sur une île de granit à occuper mes mains à remonter des murets, des serpents aux écailles de pierres, chacune bien à sa place, et puis l'appel de ta mère et tout a volé en éclats, tu peux dire que tu as fait du bon boulot. Qu'est-ce qu'ils ont à vouloir te photographier ceux-là, il y en a une qui se glisse à te toucher, pas un frémissement, chapeau Valentin, tu maîtrises, l'éclair de tes yeux, incroyable, c'est moi que tu regardes, un filin invisible entre nous, tendu comme celui qui lie un bateau au quai, ne crains rien je ne te ramènerai pas en France, tant d'amis te protègent, ils m'ont un peu baladé c'est de bonne guerre, je dirai juste un mot à ta mère pour la rassurer, si tu es dans le besoin

181

ou simplement si tu as envie qu'on passe quelques heures ensemble, un simple appel et je traverse les Pyrénées, j'ai l'âme un peu triste ce n'est pas grave, je suis parti à ta recherche et c'est une partie de moi que j'ai retrouvée, peut-être un jour tu voudras en savoir plus et je te dirai, mais que le fils de mon fils soit debout avec des ailes d'ange au milieu d'une ville où les jeunes portent l'espérance c'est le meilleur des cadeaux, je t'aime Valentin.»

Sur le banc vide, l'homme a laissé sa casquette.

L'ange saute de son socle, d'un geste d'enfant s'en saisit.

Il repère le turban gris de Palita à l'exact emplacement où ils se sont rencontrés la première fois. La place et les trottoirs sont déserts. Elle l'attend, sagement assise sur le parapet de la sortie du métro, minuscule silhouette sous la très haute protection du Temple Expiatori de la Sagrada Família.

Rapide échange de sourires, il s'installe à ses côtés, elle s'allonge, tête sur ses cuisses.

— Soir de chance pour nous, le faucon pèlerin est de sortie.

Le rapace plane au-dessus du pinacle rouge et or. Quand il croise un faisceau lumineux, ses plumes deviennent de plomb fondu. L'instant est magique.

— Il guette les tourterelles. Depuis qu'on a placé des projecteurs au-dessus du chantier, elles sont insomniaques.

— Il y en a deux qui volettent autour des palmiers.

— Repas complet pour le faucon, dattes et chair fraîche !

Silence.

— J'ai retrouvé le garçon que je cherchais.

— Tu l'as laissé où ?

— On s'est laissés.

— Tu repars sans lui ?

— On s'est mis d'accord.

— Il t'a dit quoi ?

— Deux battements d'ailes.

Son rire sur sa cuisse.

— Dis donc, c'est un ange ?

— Trouvé, un ange d'or !

— Si un jour tu viens à Quito, je te montrerai ceux de l'église de la Compañia de Jesús.

— Là où tu vas travailler ?

— Si tout va bien.

— Ce n'est pas certain ?

— Bien orgueilleux celui qui pense maîtriser le futur.

— Il revient ! Plus bas cette fois, là !

— Adieu les tourterelles !

Elle se déplie et s'installe entre ses bras, dos contre son buste. Ses cheveux ont gardé l'odeur de citron.

— Il y a une femme qui t'attend en France ?

— On ne s'attend plus depuis longtemps. Elle est venue me voir il y a peu, nous avons valsé sur un air qui n'avait pas vieilli, mais nous oui. Nous n'avons pas été à la hauteur, ce fut un mauvais soir. Le dernier.

— Tu en es malheureux ?

— Je ne suis plus triste du temps d'avant.

— Il te reste qui alors par chez toi ?

— Justin, un vieil éleveur de chèvres qui dialogue avec le Dieu des protestants et s'exprime par paraboles. Quand je lui dirai que j'ai dormi au sommet d'une église !

— Fait l'amour tu veux dire.

— Dans le berceau de la Sainte-Famille, en plus ! Tu es croyante ?

— Pire, sud-américaine ! Avant de partir j'ai brûlé un cierge blanc à l'église de Baños pour que la Vierge veille sur Angela. Regarde ! Il s'élève, attention au grand plongeon !

Leurs visages en lunes jumelles.

Le *halcón peregrino* n'est qu'un point qui trace des cercles au plus haut du ciel. Soudain un éclair gris. Le faucon, queue et ailes repliées, serres tendues, fonce sur les tourterelles des palmiers. Elles ne voient rien venir. Gerbe de plumes. Tout est fini. Le rapace regagne son aire.

Ils se sont serrés à se faire mal. Ioan s'est mordu les lèvres. Un goût de sang dans la bouche.

La fatigue, la fraîcheur, le désir, ils se redressent.

Ioan fouille sa besace l'air préoccupé puis se décide à rire.

— Mon Canon ! Mon dernier souvenir ! Disparu, volatilisé ! Elle a fini par m'avoir la fille rapide au bandeau vert ! Heureusement j'avais enlevé la pellicule avec les portraits de Laia.

— Dis Ioan, et si à ton retour il n'est plus là ton vieux berger, qu'est-ce que tu feras ?

— Quelle drôle de question.

— Ça peut arriver, dis-moi ce que tu feras.

— Je ne sais pas.

— Si, si, essaye.

Il se lance.

— J'ai dérivé en solitaire d'un mas des Cévennes à une cathédrale catalane, j'ai croisé des vivants et des absents, laissé leur part d'ombre ou capté leur lumière. À présent je me sens libre d'aller, libre d'aimer. Demain en arrivant aux Gordes je fermerai les volets de ma maison, jetterai un sac à dos sur le siège du pick-up et partirai au hasard avec un appareil numérique. Je vais commencer une série de portraits, j'ai croisé de si beaux visages à Barcelone. Peut-être un jour on dira : « ¡Ioan, una nueva mirada ! », un nouveau regard !

— Ça me rend heureuse.

— Pourquoi heureuse ?

— Parce que faire l'amour avec un homme qui se cherche encore, c'est serrer l'avenir dans ses bras. Dépêche-toi, l'ascenseur va partir !

Aucun gardien pour entendre leurs rires quand ils commencent à se déshabiller dans la cabine du monte-charge. Ils débouchent sur la plate-forme, empêtrés dans leurs vêtements.

Palita lui apprend que dans la parade nuptiale le faucon mâle lisse les plumes de la femelle et prend son bec dans le sien. L'orage qui gronde du côté de la Rabassada leur donne des étincelles au bout des doigts.

Une femme et un homme font l'amour à l'exacte verticale de la façade de la Passion. Soupirs charnels, cris d'ivresse et de plaisir, musique des anges. Du haut de son nuage où il s'ennuie Gaudí tend l'oreille. Le basalte et le porphyre se transmutent en humeurs généreuses et chair ardente, l'épi de blé se fait semence, son œuvre s'accomplit.

Du même auteur :

Aux Éditions Albin Michel

MENACE SUR LA VILLE, 1998.
HAUTE EST LA TOUR, 2003.
LE PONT DE RAN-MOSITAR, 2005, prix France-Télévision.
LA CHAPELLE DES APPARENCES, 2007.
LE GRAND EXIL, 2009, prix des Grands-Espaces.
L'HOMME À LA CARRURE D'OURS, 2012, prix Lettres-
    Frontière.
LES TROIS CADEAUX, Album Jeunesse, 2013.

Chez d'autres éditeurs

LE VENT DES FOUS, « Série noire », Gallimard, 1993.
PINGUINO, Syros, 1994.
LAO, WEE ET ARUSHA, Syros, 1994.
FOULÉE NOIRE, La Baleine, Le Seuil, 1995.
LE SQUAT RÉSISTE, Syros, 1996.
UN TROU DANS LA ZONE, « Le Poulpe », Le Seuil, 1996.

LES YEUX DE BEE, La Baleine, Le Seuil, 1998.
LA GARE DE LOURENÇO-MARQUÈS, La Baleine, 1998.
MATIN BRUN, Cheyne, 1999.
PRISE D'OTAGE AU SOLEIL, Nathan, 2000.
JARDINS DE BARBARIE, poèmes, Éditions du Ricochet, 2000.
INDIENNES D'EXIL, poèmes, Triptyque, 2001.
LA NUIT DES FRICHES, Le Verger, 2001.
UN DOIGT DE LIBERTÉ, Trait d'union, 2001.
APRÈS MOI, HIROSHIMA, Zulma, 2002.
ESCALE À CHÂTEAU-ROUGE, Milan, 2002.
SOMMEIL DE PAGNE, Desclée de Brouwer, 2003.
LE SILENCE DES AIGLES, Alternatives, 2004.
OUBLIEZ-MOI, La mauvaise graine, 2010.
PONDICHÉRY-GOA, Carnets Nord, 2010.

Le Livre de Poche s'engage pour
l'environnement en réduisant
l'empreinte carbone de ses livres.
Celle de cet exemplaire est de :
250 g éq. CO_2
Rendez-vous sur
www.livredepoche-durable.fr

PAPIER À BASE DE
FIBRES CERTIFIÉES

Composition réalisée par MAURY-IMPRIMEUR

Imprimé en France par CPI
en octobre 2017
N° d'impression : 3025488
Dépôt légal 1re publication : novembre 2017
LIBRAIRIE GÉNÉRALE FRANÇAISE
21, rue du Montparnasse - 75298 Paris Cedex 06